亲爱的爸爸，

谢谢你天天都给我讲故事，

我爱你，爸爸。

月亮中秋节快乐!
友友
爸爸
妈妈
二友

我对你的爱，小心翼翼

彭治国　著

GUANGXI NORMAL UNIVERSITY PRESS
广西师范大学出版社
·桂林·

图书在版编目（CIP）数据

我对你的爱，小心翼翼 / 彭治国著. —桂林：广西师范大学出版社，2018.1
（雅活书系）
ISBN 978-7-5598-0054-1

Ⅰ. ①我… Ⅱ. ①彭… Ⅲ. ①随笔–作品集–中国–当代 Ⅳ. ①I267.1

中国版本图书馆 CIP 数据核字（2017）第 306081 号

广西师范大学出版社出版发行
（广西桂林市五里店路 9 号 邮政编码：541004
网址：http://www.bbtpress.com）
出版人：张艺兵
全国新华书店经销
广西广大印务有限责任公司印刷
（桂林市临桂区秧塘工业园西城大道北侧广西师范大学出版社集团有限公司创意产业园内 邮政编码：541100）
开本：880 mm ×1 240 mm 1/32
印张：6.125 字数：127 千字
2018 年 1 月第 1 版 2018 年 1 月第 1 次印刷
印数：0 001~5 000 册 定价：38.00 元

目 录

恐龙是如何灭绝的？

“爸爸，我不知道我为什么在玩具那儿站那么久。我也不知道为什么，我不知不觉就过去了。就像你在书店站那么久一样，你喜欢，你就站过去看，你要不喜欢，你就不会在那儿站那么久了，对不对？”

小友是站在一个超市卖恐龙玩具的柜台前和我说上面这番话的。他的话使我感到他像是个善于表达思想的成年人，我无法辩驳。我知道，小友是看中一只三角龙了。

我：“明天再说吧。”

小友：“爸爸，你老说明天，你和明天是朋友吗？”

我：“可你今年买玩具的指标已经用完了。”

小友：“那我明年生日不要你给我买礼物了。”

于是，小友用完了他明年买玩具的指标，高兴地带着三角龙回家。他把它放在餐桌上，又拿在手里，抚摸它，左看右看，仿佛初恋的感觉。

他猛然又想起什么，飞速跑到他的那堆书面前，找到我给他买的《恐龙与史前生命》，熟练地翻到介绍三角龙的那一页，要我把上面的文字读给他听。

他其实早已记得书上的文字了，但还是听不够，我只好读给他听。我不敢大意，从三角龙开始读起，读到大眼鱼龙和无齿翼龙。他如饥似渴地听着，仿佛不是为了学习，而是为了印证他已有的知识是否正确。

仍记得有次，我把“副栉龙”误读成“双栉龙”了，小友大哭起来，他伤心地一遍又一遍地嘟哝：“爸爸，你不再聪明了！妈妈都比你聪明！”

我和他解释，是我疏忽大意而已，但他的脸上却是一片深深的失望。

直到晚上吃饭，我问他想吃什么。问了几次，他还在那儿摇头：“爸爸，你不再聪明了！妈妈都比你聪明！”他终究还是不能死心。

我突然觉得，我得努力表现得足够聪明，这样才有可能和小友继续深厚的友谊和感情。他有时弯下身子，像某只恐龙一样在地上爬来爬去，鼻子里还发出奇怪的声音，然后问我是什么龙。他还问我："圆顶龙和蜿龙很像，但蜿龙头顶拱起来像球一样，为什么呀？"

有时候我回答对了，他表示满意。但我如果错了，他会继续问我另外的问题。我却感到疑惑：为什么他会这么喜欢恐龙？难道人类真是恐龙的后代吗？

他翻箱倒柜，把所有的恐龙玩具都找出来，然后一起放在我唯一的书桌上——那里已经摆不下别的东西了。而我还有大量的工作要做，但他觉得欣赏恐龙的神奇才是最重要的事。

他让鸡冠龙站在《孟子》上，让三角龙站在《荷马史诗》上，让翼龙站在我电脑的键盘上，代替我的眼睛盯着电脑的显示屏，而戟龙正咬着霸王龙的屁股。整理完毕后，小友像将军一样骄傲地巡视一遍他的队伍，然后回过头来问我："怎么样？"

我好说歹说，总算把小友的这些活神仙请下了我的书桌。他于是把阵地转移到客厅。

他将恐龙摆成长长的一列，并思索谁应该站在最前面，谁最厉害，谁最胆小，厉害的如何保护胆小的；谁吃素，谁吃肉；谁爱表现自己，谁是一家子，它们应该在一起……他对每一个恐龙所处的位置都负有责任，好像这是一项重大工程。

这个时候的小友不再是混乱、没有条理、急躁的人，而变得冷静、专注、敏捷、热爱秩序。他连饭都不吃了，电视也不看了，朱玥昕家也不去了，心都扑在恐龙身上。我很努力地去喜欢小友的那些恐龙，却发现自己并没有他心中的那份热爱。

恐龙已经排成了一行，可小友觉得队伍还不够长，于是就搬来书、他妈的羽毛球拍、他某天从外面捡来的松果、海边拾来的贝壳、他上课的文具盒、汽车玩具等，跟随在恐龙的后面。这一支来自各行各业、五花八门的队伍，热热闹闹地从客厅排到厨房，又从厨房“跑”到厕所，然后拐了个大弯来到我的卧室，最后打开门，朝着外面的走廊“走”去，结果在电梯前撞上刚从外地出差回来的妈妈。

在小友他妈的眼里，这个家在她不在的日子里都变成了垃圾堆。她气势汹汹地丢下行李，挥舞着扫把像坦克一样驶过屋子。我和小友各自寻找躲避的地方，而小友那支精心打造的队伍马上就丢盔卸甲了。恐龙纷纷逃窜，有的回到抽屉里，有的跳到茶几上，有的半个身子露出在沙发下面，还有的被横扫过来的扫帚打到床底下，过永无天日的生活去了。

但只有小友对恐龙是忠心耿耿的。他哭泣着寻找那些大灾难来临时的恐龙伙伴。他把它们放到自己的口袋里去，不一会儿，他的口袋就鼓鼓囊囊了。他的上衣口袋有两个，裤子口袋也有两个，他还有两只手，这些地方都成了恐龙的避难所。

他带上它们，哭哭啼啼地走出家门，去寻找能收留恐龙的地方。

我的感觉亦同那只雄鹅

小友到满天星幼儿园半年多了。每次回家，我都问他：在学校开心吗？他则骄傲地宣布：我没哭。问他吃什么，他有时候会回答我，有时候则完全没有兴趣，好像忘记了。他更愿意和我聊他的同学：美儿，是最漂亮的女孩子；大壮，很高，是跑得和他一样快的男孩子；还有陈嘉琪，等等；但我总是记不住他们的名字。于是每次接小友，他总一一指给我看，我却又心不在焉地忘记了。

问小友，在学校玩什么？他好像也不记得了。他要我讲故事，突然自己又哼起某首我熟悉或不熟悉的歌来。一问，是老师教的。我表扬他唱得好，他很高兴地又给我唱了一遍。

我想起最早送他去幼儿园时，他迟迟地站在教室外不愿意进去。分手前，他说："爸爸我们握握手吧，爸爸我爱你。"他从未说过这样感情外露的话。他哭了。去接他时，我总是尽量去得最早，跑在家长队伍的最前面。教室里，小朋友们都排排坐，唯有他形单影只地站着，若有所思或恍然若失。

时间过得真快，他如今已经习惯满天星了。

有时候，放了学，等到所有的家长把孩子都领走了，他还不愿意走，看墙壁上贴的剪纸，或者在地上、沙发上打滚。他拉着我的手站到墙根前，告诉我，哪张剪纸是他的作品，哪张是他同学的。有时候，他带我走后门出去，那里有一块菜地。虽然上面还什么都没有，但小友兴致勃勃地告诉我，张老师、何老师带着他们来这里种黄瓜、西红柿种子了。

我因此喜欢上满天星，就像我最初来这里一样。那是去年的九月之前，我到处找幼儿园，偶然路过这里，走进来，看到满架的葡萄藤，墙根边有金黄的向日葵，还有吊在藤上的一个个葫芦。我想：就是这里吧。一个热爱植物的幼儿园，也一定会喜欢孩子吧！

可是，满天星确实离我们家远了些，我们小区里的孩子都在附近一公里左右的幼儿园上学，而我却选择了离家两公里外的地方。我是没有汽车的人，也不喜欢开汽车，以后估计也不会买，所以每次基本上都是带着小友走路去幼儿园。

有时候，小友累，走不动了，便要我抱。我不想娇惯他，便鼓励他：“一个男孩子要勇敢，要坚强。”可他确实累了，坐在地上不想走，甚至像袋面粉一样躺倒在肮脏的地上。我就只好将他抱起来，将他的脸与我的紧紧贴住，往家或幼儿园的方向走去。

因为这些原因，家里人动员我换一个近一点的幼儿园。我想了想，还是这里吧。

我怀念每个和小友去幼儿园的日子。那是他走过的最长的旅途。我带他经过菜市场、鲁迅文学院、丽景湾前面的一座小桥、一个露天的理发摊子、“眉州小吃”（一家小吃店）、地铁站、花店、肉店、麻辣烫摊、宠物店、街道两边高大的梧桐树……穿过人流、车流，我们就来到了满天星。

我喜欢上散步了。我似乎比以前更爱我的生活。就像昨天我带着他走过丽景湾前面的小桥，桥下河两岸的花开得美极了，那是二月蓝在开放。我带小友尝试走过无数种通往幼儿园的路。有的路宽阔，有的路狭窄，有的路拥挤，有的路荒凉。

而我和小友最爱一条僻静的小路。那路小小的，像一条鞋带系在两个老的住宅小区之间，很少有车经过。我们慢慢地走着，看看花，看看天，时光就这么过去了。突然，一个黑影从我们头顶蹿过，停在某家的屋檐上，那是一只野猫。

一户人家的院门开着，一个老爷爷在浇菜。小友就走进去，问他的菜、他的花，问他插在地上的风车。

上个月，农民日报社旁边的菜市场在装修，小友就走到工地里，看工人焊接、挑土。这些新鲜的事物，令他喜不自禁。

小友也照例在各个小摊前站着，口水直流，大人心疼他，于是他手上就照例收获了一个橘子、一枚煮熟的鱼丸、一张圣诞包装纸，没花钱。他又去超市，从糖果摊位上抓了颗糖放到嘴里，还是没花钱。他不知道需要这个。

有时候，下雨，那路上总有些不平坦的地方变成水塘。小友在水塘里踩水，水塘外的大男孩们劝他别玩水，弄湿衣服容易感冒，女孩们则好奇地问妈妈这个小男孩为什么能玩水。小友回了一句："因为我淘气。"

每次回家来，小友一路上都要捡些东西以示纪念。以前大都是树叶、棍子、草、瓶子、土块、菜叶，这些习惯随着阅历的增长没能坚持下来。但石头依然是他的最爱。他口袋里放着捡来的、他认为独一无二的石头（在我眼里，它和其他石头没有任何不同），手里抓着一把，嘴巴里还含着两块，就好像含水果糖一样（直到我假装生气，他才依依不舍地吐掉）。

天黑了，我们还在路上。那么短的路，我们走了两个小时还没到家。我不得不催促小友："我们得回家了。"于是小友停下正在玩的游戏，感叹一声："花朵我想你。"他有时也说别的告别的话："太阳拜拜，汽车拜拜！"随后我们离开。每当这时，我都不去打扰，而是想象和他一起告别每个这样的时刻。

回到家，还是玩，或者讲故事，直到夜里 12 点了，他还醒着，祈求我再给他讲一个故事。我讲给他听，他不停地提问题，我穷于应付，直到他听着听着就这么睡着了。

我却不能睡着，我还有很多的工作要做。以前我会埋怨，埋怨这个儿子耽误了我许多的时间，我很多的事情不能做了。但现在我不再这么想。

是的。过马路，我牵着小友。坐电梯，我牵着。看到大狗，我牵着。看到藏獒，我得把他抱起（虽然他一点都不怕这些大动物）。某段时间，我有种错觉，以为是我要牵着小友走完童年。谁想，是他牵着我走过中年。他带我去玩，去爬沙堆、玩泥巴、喂小鸡，去光屁股走在大街上任晚风吹拂喊着凉快……小友更新了我对世界的感觉。

我不止一次想起小友出生的那个晚上。

“而大地沐浴在奇观和壮美之中。现在，一点一点地，白天的亮光来到我们的天空。迷雾像水壶的蒸汽那样一点一点地升起，而我照天鹅的样子在游，蛋在孵化，小天鹅在来到世间。”以上文字来自我喜欢的作家怀特，他写的是一只雄天鹅要当父亲时的感受。奇怪的是，小友出生的那天深夜，我的感觉亦同这只雄鹅。

屎尿朋友

不说屎尿屁，牛牛就不知道如何开口了。

牛牛是我们这栋楼的孩子，和小友同岁，同在一个学校，他们因为对屎尿屁的热爱走到了一起。

牛牛说，他爸爸早上起来，去厕所拉屎，然后把屎糊在了墙上。

小友说，早上他看到一只鸟在天上飞，拼命要拉屎到他头上，不过他拼命跑，总算逃过一劫。

牛牛说，他爸爸早上起来，给他做了一个菜，长得和屎粑粑一样，吃起来也和屎粑粑一样，可他爸爸还要他多吃。然后，他问小友："你想吃吗？"

小友婉拒了他的好意，开始唱一首歌："我曾经跨过山和大海，也穿过屎和尿液，我曾经拥有着一切，直到把尿尿到我爸爸的嘴巴……"

天啊，小友把他最喜欢的《平凡之路》都改了。

牛牛又说："友友，给你讲个笑话吧！ What is your name？ My

name is 放个屁，臭死你！”

两个人哈哈大笑起来，以自己是对方的知音为荣。

这两个屎尿朋友兴致勃勃地跑到朱玥昕姐姐家去。

我后来听说，牛牛被赶出来了，小友则留在了那里。

原因很简单：到了那么高雅的地方，牛牛还是屎尿屁不断，小友却保持住了一个男子汉必要的克制和风度。

家书选辑

小友给爸爸的信

爸爸：

我想说一下刘一萌的事。

今天刘一萌有一道数学题老是做错，老师讲了八百回了可是他老是不写，所以老师把他的妈妈叫来了。然后他妈妈说你以后再上课不听讲，我就把你爸爸叫来，他就哭了。然后从星期一到星期五让你爸爸过来陪你坐，然后范老师把他送到一个小房子里，让他妈妈走了。然后范老师跟一个老奶奶开始聊天，然后他的妈妈走了，他就哭了。然后范老师走了，然后刘一萌又哭了，哇哇哇哇。他的妈妈走得更远了，他哭得更大声了，我知道错了，哇。然后他的妈妈出学校了，最后他的妈妈终于把他接走了。

然后他盯上了一个玩具，他的妈妈偏不给他买那个玩具。他又哭了，哇哇。然后他还在哭，然后他的妈妈终于给他买了，然后他们终于回家了。

爸爸给小友的信

友友：

在这里，我要感谢几个月来，你还没要老师来找我。以后也希望老师不要叫我到学校来。不过，真要是叫的话，请尽量和老师说，不要选择周一，因为那天我要到单位开会。其他时间，也最好不要叫我。如果我实在没空，我会要舅舅去。舅舅要是没空，我会要舅妈去。我知道你想说什么，你希望姥姥去。但姥姥在天津看嘉嘉妹妹。她离你的学校太远了，还得坐高铁来，太麻烦了。

总之，在叫谁去你学校的问题上，请不要有后顾之忧。也希望你不要把同学的爸爸借到学校去，对范老师说，那就是你的爸爸。

小友给爸爸的信

爸爸：

我还想说下刘一萌的事。

今天我上美术课的时候，刘一萌老打扰我。听刘一萌说哎呀哎呀，我不知道他在说什么。然后他又不说了，他又去玩彩泥了。然后老师把他的彩泥没收了，然后他又玩橡皮，然后老师把他的橡皮没收了，然后他在画画的时候，画得乱七八糟。我不知道他

在画什么，然后下了美术课的时候，第五和第六节课的时候，他的生字老是写不好，老师说你该挨揍了。然后他还是写不好，老师也没揍他。最后终于写完了。

最后放学了，你就来接我。有一个东西你偏不给我买，然后我就哭了，最后你还是给我买了。

现在，它就在我的床上看着我呢。我好喜欢这只恐龙。晚安，小恐龙。晚安，小爸爸。

爸爸给小友的信

友友：

这个刘一萌，我见过吗？哪天给我介绍一下。

你倒是提醒了我，以后千万不要带玩具去学校了，要是被没收就惨了。我小时候，我的小人书就是被这么没收了，直到现在老师还没还我。

小友喜欢的女孩

小友老不洗脸。

小友老不洗头。

小友老不洗澡。

小友的鼻子里还老有鼻屎，他还把鼻屎吃到嘴里去，仿佛这是一道美味。

小友的衣服也老是脏兮兮的，他把自己的衣服当成了抹布。

可小友也有喜爱的女孩子。

他好几次和我谈到果果。我见过果果，确实是一个漂亮的小女孩，开朗、大方，笑起来尤其好看，仿佛天空突然出现一道彩虹，让我这个大人也能看着发呆许久。

果果也喜欢找小友玩。她和小友有一个共同的爱好——喜欢虫子。幼儿园的程程老师曾向我反映，上体育课，别人跑步锻炼，小友和果果却到处寻找草地上的虫子。

果果送给小友玩具，小友也送过果果一些东西。小友还画过果果，写了一封给果果的信，但直到从幼儿园毕业，他也没有把这信寄出去。

喜欢果果的人很多，不仅是小友。而他们的表达方式都很热烈——拥抱她，亲吻她的脸。这在小友看来，是不可想象的事情。

有一张小友和果果的合影，是在幼儿园过圣诞节时拍的。果果和小友站在美丽的圣诞树下，小友害羞地站在离果果很远的地方，是果果主动靠近他，做出亲昵的动作，果果的妈妈拍下了这个瞬间 。这张照片现在也在我手机里。

除了果果，小友还喜欢刘子义。他也画过刘子义。他和我说："爸爸，我的好朋友是刘子义，但她没有和我说过话。"

刘子义可和小友说过话。放学回家，小友走在路上，一会儿玩玩树叶，一会儿玩玩花草，一会儿玩玩泥巴。有几次，刘子义被她爷爷带着路过。刘子义就说："爷爷，这是彭友友。"然后友好地问小友："彭友友，你还好吗？"

小友一脸通红地停下忙碌的"工作"，不说话，目送着刘子义远去。

一次，小友说他做了个梦。梦见自己到了一个叫"光光国"的地方，那里的人都不穿衣服。竟然还有果果和刘子义，她们也没穿衣服。小友问她们的衣服呢，她们说："衣服被鸟叼走了。"

在梦里，小友开始了和喜爱的女孩子的对话。

孩子不相信死亡

生命是一股纯净的火焰，我们依靠自己身体内某个看不见的太阳而生存。

——英国散文家托马斯·勃朗爵士

孩子不相信死亡。

我给小友买了一些蚕卵。几天后，蚕出生了，小小的，如蚂蚁般。我给它们喂桑叶，以为它们都会长大，并为此准备了一个盒子。它们未来就会一直在这个盒子里了吧？蚕的长大难道不是理所应当的吗？蚕变成蛾子难道不是顺理成章的吗？但我的记忆欺骗了我。我的童年也有过蚕的死亡，我忽略了，忘记了。风吹过，死亡没在我童年留下任何痕迹、任何阴影，直到我如今目睹蚕的死亡。

那盒子里我放进去多少蚕啊。后来去寻，只剩下两条活的。大批蚕死去，大批蚕不能走进春天里。死，如此容易。

没有父母亲照顾，没有别人提供帮助，那些看似新鲜的桑叶在小小的蚕宝宝的嘴里，恐怕也干涩得难以下咽吧。

小小的蚕在绿色的桑叶上爬行，就像在大海里游泳，它只有拼命地吃、拼命长大，才能使自己轻易地爬过这片绿叶之海。

我紧盯着最后的两只蚕，看它们不吃桑叶，就疑心它们是不是病了；看它们长时间不动，就觉得它们快要死了。

最后，蚕果然都死了。我心情沉重，小友却觉得没什么，他转而去关心别的动物。他的心情，恐怕一如当年的我吧。

在北京，到了祭拜亲人的那天，如果我不能回故乡去，便会带上小友在小区的楼下给母亲烧纸。小区周围的几个僻静处，是那些死去亲人的悲痛者们的首选之地。黑暗的角落里，一堆堆火在慢慢燃烧，最后变成灰烬。火光映着每个人的脸，辨不出是什么表情。每个人都互不打扰，仿佛有意躲着别人，仿佛每个人的伤痛都与世隔绝，无法与外人沟通。

我把纸点燃，小友也来帮忙。我磕头，小友学我的样子，并讲几句话给奶奶听。

我是沉浸在痛苦之中的成人，小友却能从死亡的气氛里跳脱出来，专注于我买的那些纸钱、纸衣。

小友问我："人死后去往哪里？我们烧的东西，奶奶是否能收到？我最喜欢的乌龟玩具可以烧给奶奶吗？"

有一次他又突然说："爸爸，如果以后你死了，我给你烧两套衣服、两叠纸钱，我还给你烧书，烧你最喜欢的书，这样你就可以在那边看了。"

我说："谢谢。"

是的，要向一个七岁的孩子解释死亡，是一件困难的事情。无论我从科学、文学、宗教，还是其他角度，都无法让一个孩子领会真正的死亡。

以前我不太盯着小孩看，如今我常常盯着他们，盯着小友，那是一个别有一番景象的、可留恋的世界。那种投入，那种心无旁骛，那种从他们身体里很自然地洋溢出来的健壮、没心没肺、暴力、温柔、非理性、感官的享受，以及欢乐。所有的这一切，没有死亡。

我想起给小友讲故事的时候，他目光里流露出来的那种欢喜和钦佩。这令我自己都心生诧异：故事真有那么好听吗？人物真有那么感人吗？文字难道不是一种幻觉吗？人生难道不是一种虚无吗？

哦，在成人那里，咀嚼了多次的、淡而无味的、如口香糖一般的故事和人生，在孩子那里，是金矿，是宝地，是乐土。

小友说，他相信圣诞老人，相信女巫，相信堂吉诃德还活着，他要去西班牙找他。而他现在，想学西班牙语。

有一种亲密（诗一首）

你向我跑来，
跳上我的膝盖，像奔向最喜爱的食物。
你拍打我、拥抱我，摇晃我的双手，
我是你坐过的，也最经常坐的那把椅子，
我是你攀登过的，也最经常攀登的那棵树。

我如此耐心地和你解释，
我的焦虑、困惑、愤怒，还有命运那张严肃的面孔。

你点点头，好像听明白了我的话，
又或者对这一切不感兴趣。
你拼命地揪住我，去往你的那个世界：
爱丽丝漫游仙境的兔子洞，通往纳尼亚王国的衣橱……

现在，并不是显示我权威的时候。
有一种东西在此刻慢慢酝酿，
别惊扰它，它随时都会飞走。

我不曾记得，
在我和我的父亲之间，
有比这更亲密的一刻。

在家里的旅行

马儿心甘情愿地站在马桩那儿，脑袋动也不动。它一面用尾巴懒洋洋地赶着苍蝇，一面用黑色的大眼睛看着我和小友。

我们在马儿的粪便前伫立良久，蹲下来用棍子一点点拨拉马儿的粪便，那些粪便的碎末里有一些黑色的虫子，却没有屎壳郎。

草原的云低低的，仿佛我们抬手就可以抓住它。风从很远的地方吹来，吹到我们的面前，吹过我们的头发，再吹到远处去。风给我们带来了远处草原的气息，再把我们的气息带走，却没给我们带来屎壳郎的气息。

我们远道而来，走路，坐出租车，坐飞机，再坐出租车，再走路，来到这草原的深处，住在这个牧场的蒙古包里。我是为了看看草原，小友却是专程为屎壳郎而来。

这都怪我。我太喜欢屎壳郎了，于是不停地给小友讲，自己小时候曾在草原无数次目睹这个十分搞笑的家伙不知疲倦地滚着不属于它的粪球走在路上，而粪球却已被它滚成浑圆的形状。

谁知，屎壳郎像丘比特之箭一样，深深射入了一个五岁孩子的心脏。

于是，在无数次去学校的路上，小友不再听我讲故事了，而是不停地问我："爸爸，活的屎壳郎在哪儿呀？"

终于，这个夏末，凌晨四点，天还没亮，我就带着睡眼蒙眬的小友从家出发，赶最早一班从北京飞往锡林浩特的飞机，只为了解脱一个孩子对屎壳郎的爱。

可是，来到草原都两天了。我们上午看一趟，下午看一趟，晚上吃完饭看一趟，在马的粪便前看过后，又病急乱投医地跑到牛和羊那里去看它们的粪便，可是都一无所获。

我举目四望，远方的家比远方更远，但屎壳郎似乎比远方的家更远。我童年的屎壳郎哪儿去了呢？这里的草原多么安静、广袤、无边，那么多的马粪，怎么没有屎壳郎呢？

找不到屎壳郎的小友，旅行的心情一落千丈。在蒙古包里，他寂寞地看着地面，一边用手拨弄着带来的三角龙玩具，一边轻声说："爸爸，我想妈妈。"

啊，旅行，也许只能是后悔和遗憾交织的旅行。

我曾想，要多带小友出门旅行，等到真带他出来就发现自己错了。他想妈妈，想姥姥，想二姨，想朱玥昕（小区里住在隔壁的小姐姐），想家里的玩具，想班上的同学，想不在身边的一切。他一天几次突然不声不响、低头不语，那是他想家的时刻。而我，也唯有伤心而已。

我还记得第一次带小友出远门，是我去运城做"国学之旅"的选题。家里没人照看小友，我就带上他了。那是我第一次单独带他，我还要采访，但觉得可能会很有意思。

在芮城宾馆，小友在床上跳跃，他精力充沛，出乎我的意料。我给他洗了脚，带他出去，找到一个药店，买了板蓝根和创可贴，我害怕他感冒、发烧、咳嗽、摔倒。

后来，我们坐长途车从运城翻过中条山。那山真陡，车贴着峭壁走。两个多小时的路程，我都有些累了，又害怕小友难受。他要是吐了怎么办？车子要是不小心摔到悬崖下怎么办？我真纠结啊，可他竟然挺过来了。

许多次的旅程啊，全是遗憾。

在锡林郭勒大草原，蒙古族的摔跤手已开始他们的搏斗，小友却还在睡梦中。

在束河古镇的夜晚，池塘里的青蛙正进行着它们一天以来最盛大的鸣唱，小友却在手推车里睡着了。

在大禹渡，小友第一次见到黄河。他问我："妈妈见过黄河吗？"我回答："也许没有。"他就装了满满一矿泉水瓶的黄河水回来，两只手抱着，打算送给妈妈，但在机场过安检时被拦下了。一起被拦下的，还有他从当地一个小集贸市场买的玩具蛇。

还有一次，在另一个机场，机场安保人员截获了小友从草原逮回来的扁担钩、蚂蚱（蝗虫）、七星瓢虫、螳螂。素不相识的它们被装在一个有着草和树叶的拥挤的矿泉水瓶里，默默地等待着命运的发落。

机场让小友感到绝望。每当这时，他的眼泪都把小脸蛋弄模糊了。他低着头，像祥林嫂一样陷入了内心的焦灼，不停重复那句话："是我辛辛苦苦抓来的，我辛辛苦苦……"

旅行对小友意味着什么？当有一天，他长成一个男人的模样，他会记得什么、忘记什么？旅行，是像小狗露出锋利的牙齿一样让他退避三舍，还是像一块充满诱惑的巧克力一样让他念念不忘？

有时候，在想着这一切的时候，我和小友哪都没去，我们就坐在家里。

小友指着某本书上一个人的头像问我："这是谁？"我说："这是凯撒，他住在罗马。"

"罗马在哪儿？"

我便把地球仪拿来，指出了那个地方。

对着地球仪，我讲了在罗马发生的许许多多故事：凯撒如何成为皇帝，后来又如何被刺杀，屋大维和安东尼之间又发生了什么，尼禄为什么火烧罗马城，而圣彼得和圣保罗为什么又会被尼禄杀掉，圣彼得却又是谁……

一个故事连着另一个故事，一个人连着另一个人，一个城市连着另一个城市，就像我小时候在湖南的乡下，帮着爷爷奶奶拔红薯一样，不知道一个红薯藤下结着多少红薯，不知道什么时候才能拔完。

这也是一场旅行吧。只是这旅行比我和小友去过的任何地方都要遥远。我们见过的山川湖泊比任何地方所拥有的都要雄奇壮美，而我们经历了的许多城市也早已不在我们这个世界上。

我曾买到学苑出版社出版的《1936老北京风俗地图》，在地图上，我和小友一起漫步北京城。

从前的老北京，还被城墙和护城河环绕着，没有地铁，没有公交，只有一个前门火车站。曾经吊死过崇祯皇帝的景山，是那时候城里地势最高的地方。有一个叫辅仁大学的地方，陈垣曾在那里当校长，但现在已经没有辅仁大学了，陈垣也不在了。

在地图上，那些旗子飞扬的地方是那时候的使馆区，它们都在东交民巷附近。那里曾经发生过大事，义和团曾围攻过那里的使馆和西什库教堂，后来，当然是失败了。而如今，各国的使馆都集中到三里屯附近了，只有西什库教堂还在原地孤零零地矗立着。

…………

一张地图，就是一场旅行，而且比实际的旅行更自由。

在地图上，没有机场的工作人员，没有时差，没有赶不上飞机的焦灼，没有一路上的颠簸，我们想去哪儿就去哪儿，想到哪儿住下就到哪儿住下，想回家就随时可以回家。

在家里，我和小友在进行另一场旅行。我把自己从肯尼亚、意大利、瑞士等国家买回来的小玩意儿摊开在客厅的地板上，小友从报纸上剪下他喜欢的动物（恐龙、马来貘、大嘴鸟、剑齿虎），还有那些我们买回来的书，各种期刊画报上的油画，这代表着一场旅行就要开始了。

有时候，是我和小友，有时候邻居家的孩子也加入进来。他们兴致勃勃地坐在椅子上，面对着我，我则充当他们这次旅行的飞行员、导航员、空乘，还有导游。

“各位乘客，欢迎您乘坐霸王龙国际航空公司的航班，本次航班将前往白垩纪。请关闭您的手机和其他通讯设备，我们的飞机马上就要起飞了，请系好安全带，收起小桌板，打开遮光板……”

我一边说，孩子们一边哈哈大笑。我却继续以一个空乘的口吻说道：“请小朋友们不要大声说话，现在我们在一万米的高空。你们看，窗外的阳光有多美。”

电视机和小友所在的世界

在小友的眼中，电视机是一个神奇的存在。没有门，没有窗户，那些人是怎么到盒子里去的？那些事情都是在这盒子里发生的吗？是真实发生的吗？这小盒子为什么能装下这么多人和故事，而我们家装我、爸爸、妈妈三个人都觉得挤呢？

久了，小友就不想这些事了，他开始思考新问题。

看《猫和老鼠》，小友一边笑一边自言自语：“为什么汤姆和杰瑞会说话？”想了一会儿，他做了一个判断——他们不在我们的世界里，而在电视的世界里。

而每天的新闻联播，更是小友不想错过的。在“眉州小吃”，他的眼睛紧盯着墙上的电视机屏幕，不想错过“里面”发生的每件事情。

屏幕上，一个美国白人警察把一个黑人小孩枪杀了，美国各地正举行示威游行。

小友急切地望着我，问我：“发生什么了？”

我把新闻复述一遍。

“为什么警察要杀那个小孩？”小友不解。

我停止吃饭，也盯着屏幕看，一边向小友解释其中的细节。我还打算讲讲美国黑人的历史，好有助于小友理解新闻发生的背景，结果新闻很快过去了，接下来是下一条，再下一条。

“欧洲最大的核电站因为事故关停；中国各地普遍降温，局部地区有大雪；国际联盟会议在比利时布鲁塞尔举行；日本东京动物园产下两只小熊猫宝宝；美国和日本举行联合军事演习；中国长征系列运载火箭实现200次发射……”新闻一条接着一条，小友不断问这问那，我却疲于应付，连一条新闻的前因后果都没来得及讲清。

我突然觉得，我和小友是坐在一辆高速行驶的列车上，那电视里发生的故事就像窗外不断掠过的风景，我们经过它们，想要认清它们的面目，却已经错过了它们。我们的眼睛里、脑海里，是不断变幻的风景和此起彼伏的声音。实际上，我们的大脑里什么都没有留存。

而电视机又是一个怎样丰富的存在啊。它告诉我和小友，生活在这世界上的不仅仅是我们，还有另外的人，他们拥有另外的生活，他们也在这个地球上。电视使我们和这个世界联系起来，但似乎又让我们置身事外，我们依旧吃我们的饭，聊我们的天，做我们的事。电视机屏幕，将我们与电视的世界成功地分离开来。

于是，吃完饭，我送小友去上学，然后我去上班，电视机继续开着，播放最新的事情。坐在“眉州小吃”的餐椅上看过的故事在我们起身离去时，也许马上就死了，就像从水里刚打捞上来的鱼，只有新鲜才是唯一的、重要的。离开水越久，鱼死亡的可能性就越大，也越没有顾客来购买。

电视不喜欢人思考，它只要取乐而已。

因为这些原因，我一直把电视看作危险的敌人。我是一个旧世界的人，我属于书柜里的那些书，虽然有些书我一生也未必会打开，但我精神上是站在它们那边的。

后来，父亲来帮我带孩子。母亲去世后，他许多的热情都已消退，仿佛更衰老了。不再下象棋，不再看书，连散步都少，只有对电视的热爱依旧——或者谈不上热爱，只是习惯而已，除此又能做什么呢？他坐在那里，看着电视，时间就过去了。时间终究要过去的，有电视陪伴的时光不是过去得更容易一些吗？有时候他睡着了，沉睡在时光之梦里，不知道这梦里是否会有母亲。

父亲回湖南去，小友的姥姥便来了。有她照看小友，就没有什么可担心的了，可她也需要电视。城市的生活多么枯燥啊，没有熟人，没有晋剧，没有猪牛羊，没有菜地，只有电视机。

于是，我们家里就有了一台电视机。它占据客厅最显著的位置。它一直都在那里，静悄悄的，像个胜利者宣告着它的地位。而在它对面的沙发上，总不缺少观众。有时候，我父亲坐在那里，有时候是小友的姥姥，有时候，小友会坐过去。

他们互相争夺着对电视的控制权，但每次都是小友取得最后的胜利。

电视机前，小友越看越兴奋，我则越看越神情凝重，气不打一处来。这什么故事啊！谁编的呀！我不停嘟哝，像唐僧："怎么能随便砍树呢？哎呀，他还打人，一点同情心都没有，把别人丢到油锅里更不对了，别人会死的，警察会把他抓起来的，他还碰到困难老哭鼻子，他还是不是男子汉啊……"小友觉得我啰唆，把我赶回书房去。临别之际，我还高喊，像一个要就义的士兵喊出自己最重要的信仰："不要轻易相信别人说的话，要有自己的判断力，电视里的一切并不都是真理，你的脑袋不是长在别人的脖子上，而是在你自己的脖子上，你得学会自己来思考问题……"最后，小友把书房的门关上了。

电视，真是无处不在啊。在家里，在邻居家，在饭店里，在学校，在黑麻板老家，到处都是电视的"身影"。

后来，我父亲回了湖南，小友的姥姥也暂时离开了，我便把家里的电视有线宽带费给停了，对小友说电视坏了。他看我打开电视，屏幕里都是雪花。那些人和故事去了哪里？他在电视机前疾走，痛苦地叫喊，绞着双手，乞求出现奇迹。他甚至用手对电视拍拍打打，想搞清楚这盒子里的奥秘。最后，他认命了，要我讲故事给他听。我和小友又一起看起书来。我想让他明白，书中的故事更永恒，更长久，更具有想象力，而故事只有在被彼此读到、听到时，才更迷人，更不会被外面的世界湮没。

可我还是把 DVD 和电视连接起来。我选择了一些小友喜欢的碟片以备万一。我知道宫崎骏的《龙猫》能带给小友一个半小时的安静，幼儿园发的约翰·汤普森的钢琴课程的碟片能带给小友一小时的安静，一张《爱探险的朵拉》的碟片能带来四十分钟的安静。

这短暂的安静是多么难得啊，它能让我把许多的工作做完。但小友回到家里，已经不那么想看电视了，他又恢复到从前的日子——玩，找吃的，画画，写字，要我讲故事，然后就到该睡觉的时候了。偶尔有时候，灯已经关掉，他睡眼蒙眬地在黑暗中努力睁着眼睛，像想起什么似的问我："爸爸，我还想看一集《爱探险的朵拉》，可以吗？"可是还没等我回答，他已经睡着了。

就在昨晚，小友乞求他妈给他讲故事，他妈却一直在看手机。那个神奇的小玩意啊，霸占了妈妈。小友去夺手机，妈妈从床上爬起来，把手机高高举起，像自由女神高举着她的火炬。小友夺不到手机，于是生气地大喊："妈妈，你以为你是家里的老大吗？你不是的。爸爸说，真理才是家里的老大。你天天回来看手机，你躺在床上看，你不怕把眼睛看坏吗？你还要我别看太久电视，你自己做不到还要求我，你得学会自己来思考问题……"

和电视机战斗的岁月还未结束，和手机的战斗又打响了。

爸爸不好

生气的小友

小友在生我的气，他不理睬我。我也生气了，不管他，继续我的工作。后来，我走过去问他："给你讲个故事吧？"他有些意外，说："我以为你不会给我讲故事了。"我们又一次和好，拥抱在一起，比以前更加亲密。

我总是告诉小友，别生气，生气不好。我给他讲释迦牟尼的故事，讲"大肚能容天下难容之事"的弥勒佛，可这对小友来说谈何容易。

许多事情，都让小友生气。放学路上，他把一只绒布小猪丢了，后来终于找到，可他闻了闻说："小猪身上的味道没了，只有树叶的味道了。"他大哭。在蛋糕店，他最爱吃的蛋挞卖完了。所有的顾客还有营业员阿姨，竟然一个都没给他留下。还有邻居家的小伙伴们，总是不经他的允许拿他的玩具，总是惹他生气。

我也常常惹小友生气。由于肠胃原因，我不让他喝酸梅汤、吃眉州汤圆，他生气；他打小狗，我说他，他生气；和我下军棋，他不守规则，把我的子都吃了，他自己一个子也不让我吃，我不和他玩了，他也生起气来。有时候，为了惩罚我，他把送给我的画又拿了回去。他说：“让你吃点苦头。”

他确实伤了我的心，我多爱他的画呀。我一张一张把它们收到我的书柜里去，准备以后给他办画展呢！

不过还好，后来，他不生气了，又把画还给我了。

我也生气过，这让我苦恼。我想：决不能这样下去了，要淡定，要忍耐，要用爱来化解一切。孩子那么爱生气，是否也和我自己有关呢？我试图让自己冷静下来，但心中仿佛有只猛虎。我一遍又一遍高举驯服的皮鞭，但似乎无论如何，都无法将那只猛虎完全驯服。

有一次，小友和邻居家的小伙伴在床上蹦来跳去，他把窗帘给扯下来了。那是我一再告诫过的——别碰窗帘，扯下来就安不上去了。我大吼一声，把他和邻居家的孩子都吓坏了。我要那孩子回家去，留下小友一个人承受我全部的力量。我大声地呵斥他，他像树叶一样在寒风中抖动，眼泪像决堤的洪水一样漫过他年幼的脸。而我，去拿了扫把。我不断告诫自己，不能打孩子，这是底线。终于，我把扫把放下了，但我又不能去安慰他。我想让他知道，他得为自己的错误承担责任。可我也担心，小友长久的哭泣是否会弱化他对我这个父亲的爱，让我和他之间变得有隔膜？

这所有的问题，都在啃噬着我的心，使我痛苦。有时候，我有足够的耐心，去化解他所有的怒气；但有时候，我会变得如此不堪一击，被怒火吞没。我曾对人说，希望我和小友之间，就像朋友一样。但我不知道，我和他之间一次又一次的争吵，是否会使得我们爷俩像大海中的两艘船，因为各自的命运，向各自的方向划去。

在很多时候，我一次又一次站在小友那边，为他鼓气。一句亲切的问候，一次握手，一个拥抱，一个微笑，一次又一次从家到学校、从学校到家的散步，一次又一次睡前的长谈，还有那些我讲给他的故事，每次我都在努力，不要让自己辜负作为一个父亲的使命。在这个世界上，作为一个父亲，还有什么比接纳一个孩子，保护他，爱他，并告诉他生命的全部意义更为重要的呢？

但这又是多么难啊，人是多么不完美的动物啊！我这半生，一直在探寻生命的意义；我遍览群书，还在学习怎样成为一个称职的父亲；我一次又一次朗诵诗人里尔克的诗句：

> 苦难没有认清，
> 爱也没有学成，
> 远在死乡的事物，
> 没有揭开面目。

这诗句里，是否有一些启示给我呢？

有时候，家里就像动物园，我和他妈互相吼叫，像两个野兽般，但并不扑向对方。我们一部分因为我们的事情吵，一部分因为小友的事情吵。我们都觉得自己受了伤害，都觉得对方不了解自己，都觉得只有自己才是无辜和正义的。

吵架时，我和小友他妈都渴望改变对方，却谁也没有被对方改变。一年又一年，吵架时，我们尽量不当着孩子的面，但有时候它就突然发生了，谁也控制不住心中的那头野兽。

所以，吵架的时候，小友就在我们中间，充当裁判。吵架就像比赛一样，刚开始也许是我提高音量，然后是他妈，接着我继续提高音量，最后他妈又紧随其上。当交谈无法再继续下去的时候，小友来宣布结果。

我告诉小友，要站在正义的那边，不要站在给他棒棒糖的那边。于是，他开始了艰难的思考，并做出判决。但很多时候，我们都不尊重裁判的裁决。

有一次，小友说："姥姥、姥爷是这家里脾气最好的。"后来他又说："姥爷喂的猪是脾气最好的，从不发火。"

这话刺痛了我。我向小友承认了以往的一些错误，表示自己今后将向猪学习。

我开始学习怎么控制自己的情绪。我学习书法，看佛经，一日"三省吾身"，尽一切可能与小友平心静气地交谈。

但我和他妈还是吵架。一次吵完，他妈走了，我继续做饭菜，小友继续玩他的玩具。很长时间过去了，饭菜好了，他妈还没回来。我便给他妈打电话，没人接；发短信，不回；又打电话，还是没人接。

饭菜做好了，小友不吃。他哭喊着："我最喜欢的妈妈没了，天大的事情啊！妈妈，你在哪里呀，求求你快回来！要是找不到妈妈，我就离家出走！"

我慌了。我给小友穿好衣服，自己也胡乱地穿了些，手忙脚乱地抱着小友跑到楼下去。在冬天刺骨的寒风中，我不知该往何处去。他妈去哪儿了呢？我们跑到河边，我盯着水面看，想着最坏的结局。我们又像无头苍蝇一样跑到马路上，看哪里有人聚在一起。

小友一边哭一边问妈妈在哪儿，我的脑海里则茫然一片。被撞了吗？还是离家出走了？如果这样，我们就变成单亲家庭了，我怎么去和小友的姥姥、姥爷交代，怎么去和小友交代？

我们拖着疲惫的身躯回到家里，门竟然是开的。他妈站在屋里，小友扑上去，我放了心，可表情还是严肃的，一个人回到卧室里去。

那时候的太阳快落下去了，阳光照进窗子，是一天当中最后的、最温暖的余晖。我坐在床上，想着要是每天能看看这落日有多好。

隔壁，是他妈在给小友讲故事，小友在安静地听着。这小小的家里，三个人都在，这个家还是完整的，并没有破碎。

给小友一棵树

妈妈是小友的，姥姥是小友的，我是小友的，我送给小友的书是小友的，小友送给我的书还是小友的，只要他想拿回去。

但没有一棵树是小友的。我无法买下一棵树，送给小友，说："这是你的。"

所以，我们小区楼下那两棵法国梧桐突然有一天就不见了，只留下两个矮树桩，我们对此只能沉默。

小友问我："树去哪儿了呢？"

这个城市，人和树，哪个更好生存，我不知道。人可以走来走去，躲避锋利的斧头、咆哮的挖掘机、尖锐的电锯，但树不能。树只能站在那里，一动不动，没有任何表情。

在城市里，我和小友向一棵树走去。它的脖子上挂着一块牌子，上写："专业砍树，联系电话请拨打133……"

是的，在城市里，砍树不是什么大不了的事情，不需要通知任何人，不需要负任何责任。砍就砍了，再种就是了，但是那树需要等待很久，才能"长大成人"。

秋天，我们到北京郊外朋友的一个农场去，那里有大片的柿子林。火红的柿子高挂在树上，像整个秋天的问候。我爬上去，真的好高兴，我摘了好多柿子给小友，还有他妈。我不停地摘，几乎摘完树上的全部，但我还不舍得下来。我多么希望，这是我们的柿子树啊！

柿子树下，小友欣喜而惊讶地看着，他还不明白，一棵树在一个人心中的重要性。

我和小友去动物园。动物园，我们已经去了很多次，而每次我们总会在黑猩猩馆里站上很久。那里有一只叫丫丫的雄性黑猩猩。它很聪明，仿佛懂得人类的心意。动物园的志愿者要它别拿游客丢进笼子里来的香肠，告诉它香肠的外包装袋是垃圾，不能吃。它果然就照做了。它十分不情愿地将香肠从铁丝网的罅隙里捅出去。

我和小友是多么爱丫丫啊！它坐在几个轮胎、干草、木桩搭成的自己的王国里，背后的墙上画着几棵绿意盎然的棕树。它以前就该生活在那里，在一棵真正的、活生生的棕树上坐着。现在它却在一棵假的树前，永远也无法感受一棵真实的树带给它的欢乐。

除了动物园，我也喜欢去天坛，那里有好多树。那里的树都是相对安全的，所以它们能够长很多年，直到成为这个城市里最古老的“人物”。我去天坛，一般是去看鸟，看鸟就一定要看树，鸟都在树上，当然它们偶尔也在墙上，在地上，在电线杆上，但最后，它们一定会回到树上。树是它们的家，它们到别的地方玩一玩，最后一定会回家去的。

上周，我和几个老练的观鸟人很早就在天坛里观望。我竟然在一棵松树下看到了一只左顾右盼的戴菊。它那么小，那么轻盈，那么灵动，从一个树杈跳到另一个树杈上去，从低处到高处，又从高处回到低处，好像一个灵动的音符。

一个观鸟人告诉我，四年来他多次到天坛，都没亲见戴菊，只听到过它的叫声。这次，我们真幸运啊。我也觉得是。我紧紧盯着它，仿佛要把眼睛挖出来系在它的翅膀上。我害怕它跑走。一走，一个珍宝就没了。

因为天坛，因为树，戴菊才会选择在这里住，而我们，也才会有初见它的喜悦。这喜悦，是细碎的，细碎得像正午时分透过树叶缝隙照下的阳光。而我也知道，这喜悦，是树给我的。

我对故乡的记忆，有一部分也是树给我的。那时候，爷爷奶奶住在乡下，家前面是一个水塘，水塘前还种着两棵枣树。每年暑假回去，也是枣子成熟的季节。一群孩子像群麻雀围在树下，手拿着长杆，寻找那些成熟的果子。有些枣子掉在地上，很快便被手快的孩子抢到。也有掉到水塘里的，不用着急，它们不会永远沉没。它们会一个个浮出水面，像我们的惊叫。

那两棵枣树，给了一个孩子多少的欢乐啊。如今，这欢乐再没有了。

如今，我从一个地方去另一个地方旅行，我的注意力总是被那些古老的、高大的、生机盎然的树木吸引。我把手、把脸贴在树干上，仿佛能听到、摸到它的脉搏。

我仍记得福建武夷山的朱熹故里。我印象最深刻的不是故居内的陈设，而是故居外一片高大的古树林。在那里，我看到一棵已有 800 多年树龄的古樟，相传为朱熹手植，粗壮的树干至今依然生机盎然。

我不能不认为，倘若我去过的地方有一棵大树，它还在那大地上蓄养能量，兀自挺立，迎向阳光，即使那里遭遇再多痛苦，我也觉得，这土地仍是被祝福过的，看到这树的人也是被祝福过的。

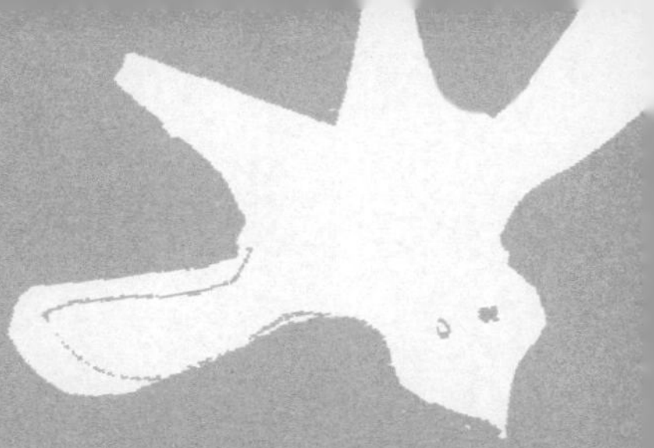

我对你的爱，小心翼翼

给你的孩子写封信

小友和动物

家里除了我们三个人要养活以外，还要养牡丹鹦鹉、金鱼、金蛙、蝌蚪、鸡、蜗牛、蝈蝈、乌龟、螃蟹、仓鼠。

我们家住在一个高楼里，房子小得不够放我那些书，阳台也没有，可是有那么多生命要养活。每当要去出差，我的心情就沉重起来。我担心我一走，家里的那些动物没人照顾，恐怕就凶多吉少。小友和他妈连自己都照顾不好，哪有精力照顾动物。如果我不在，这两个人一定是从早到晚地躺在床上，一个在睡觉，另一个在床上看手机，母子俩尽量减少运动，使肚中的饥饿感慢些到来。如果实在太饿了，他妈一个电话，“眉州东坡”的外卖就成了救苦救难的观音菩萨。

但，动物们怎么办呢？

所有这些动物，都是小友要买的。他眼泪汪汪、要死要活地揪住我们中的一个，不放手，于是家中的成员就越来越多，家仿佛成了洪水到来前的诺亚方舟。金蛙来自动物园里的一个小贩，牡丹鹦鹉、乌龟、螃蟹来自家附近的花鸟鱼虫市场，鸡是姥姥从菜市场买来的，蜗牛是从幼儿园操场上逮来的，那时它们正例行一次傍晚的散步，而蝈蝈，则来自我们一次疯狂的奔跑，直到追上那个走街串巷的、骑单车的、卖蝈蝈的人。

这些动物来到我们家中，它们的命运似乎就已注定，就是死亡。我对如何养这些动物一点经验都没有，我胆战心惊地在网上了解它们的“身世”，诚惶诚恐地找来食物，然后默默祈祷，祝它们长命百岁。

而小友呢，他欢呼雀跃地去敲邻居好朋友朱玥昕家的门，美羊羊家的门。如果他在我们这个小区认识的朋友足够多，他会把上百个孩子都塞到我们这个拥挤不堪的家里来——他想让所有人知道自己有了新的宠物。在小友的带头示范下，孩子们激动万分地将手伸进鸟笼里去抓牡丹鹦鹉的羽毛，去抓鱼缸里的金鱼……只有螃蟹，他们会尊重些，不去碰它们，因为尝过被螃蟹钳子夹住的滋味。

动物们在孩子们到来之后如临大敌。牡丹鹦鹉被孩子们喂过辣椒以后，有一段时间什么都不吃，我甚至以为它得了厌食症；而鱼缸里的金鱼在浑浊的水里游了几天以后，我才发现，小友把自己喝剩下的冰糖雪梨水倒在了鱼缸里。

每一天都是惊心动魄的。我对动物们的处境表示担忧。为了让动物们能找到家的感觉，我努力想象它们喜欢什么。我在乌龟的水缸里放了几块光洁的鹅卵石，又为金鱼添了绿藻，每隔几天把螃蟹从水里捞出来，让它们在地板上走一走，感受一下生命的自由。

但这似乎并没有为动物们增添什么。乌龟继续趴在那儿一动不动，不知道是活着还是死了。

动物们是多么有意思啊！哪怕是我和他妈很难接受的仓鼠，如果克服内心总觉得它们像老鼠的恐惧，它们也一样迷人。那毛茸茸的动物，长着如此轻巧的爪子，好像人的手。当我们凑过去给它喂瓜子或绿豆之类的食物时，它们会窸窸窣窣地跑过来，甚至站起来用爪子抓住笼子的栏杆，用眼睛看着我们，好像一个个孩子看着我们一样。

还有金鱼。在来到我们家的最初的那些日子里，它充满激情，不停地在水中摇来晃去，好像一个吃了摇头丸的摇滚歌手。它一点都不文静，我甚至怀疑这不是一条金鱼。而它看到食物，就像一条饿狗扑向一个肉包子一样，生怕被别人抢了。

还有蝈蝈。它在某一天从罐里跑出来，不知道躲到哪个角落去了。我们找了很久，最后宣布放弃。到了晚上，我们有时候蒙蒙眬眬从床上醒来，便听到一个孤单的声音，那是蝈蝈在唱歌。

蝈蝈叫了很久，后来不叫了，我们的夜晚又变得宁静。我猜，它一定是死了。很奇怪，一个人的死在我心中能掀起波澜，蝈蝈的死却不会。后来，蝌蚪紧随其后，也死了，蜗牛也死了，金鱼也死了。它们都以类似的死亡方式，宣告它们在我们这个家庭里生活的结束。

但我和小友并不觉得悲伤，小友还在想着养一只乌贼。

我一再告诉小友，不要再养小动物了，我们无法对它们的生命负责。是的，每一种动物都是神奇的，但并不是只要喜欢，只要有钱，就可以拿来为自己所有。也许它在自然中，或者被懂它的人喂养，才是最好的归宿。

动物们的死是无足轻重的。像螃蟹，死就死了，我把它丢入垃圾桶；金蛙不慎落入幽暗的下水道以后，我和小友并没有什么情绪的起伏；而我们也没有为死去的金鱼竖立墓碑，或者给将死的蝈蝈做一个临终的祷告。

一个周末，我带小友去天津看他二姨。我们坐在满是二姨夫喂养的动物的家中，激动得不知如何是好。我们从未如此近距离地观看苏卡达龟，这种来自非洲的陆龟尽管现在还只有一个成人的手掌那么大，但它能长得比一个成年人还大，是世界三大陆龟之一。还有三湖慈鲷，我和小友甚至听都没听过这个名字，它们来自非洲中部的三大湖泊。它们如此胆小，我们的脑袋一凑近鱼缸，它们就躲在缸底细沙的贝壳里，那是它们栖身、产卵和玩耍的场所，也是它们的安家之所。

在三湖慈鲷的鱼缸旁，是另一个大一些的鱼缸，这里住着来自海洋的生物。这两个邻近的鱼缸，有着各自独特的风格。一个象征湖泊，一个象征大海。我们认为，二姨夫是创造这个湖泊和大海的大师。他告诉我们，哪里是电子控温加热器，哪里是虹吸管，什么叫校准液，什么叫生化球，什么是蛋白质分离器，什么是过滤泵……我们则紧紧盯着这神奇的鱼缸。光线的变化，让我觉得这鱼缸似乎很深，水很凉，而在鱼缸 LED 灯的照射下，鱼缸里的水呈现明暗的多种变化，这 LED 灯就仿佛是另一个太阳。

清澈的水中，有海藻、扁跳虾，以及不用显微镜就能看到的微生物。几条黄金吊和蓝吊在水中悠闲地游动，美丽的珊瑚让我仿佛身临大海。上帝难道就是用类似的方式，创造了海洋吗？

小友深深地为这些动物沉醉，于是问我：“爸爸，我能养个水母吗？”

在我小时候，我有许多接触自然的方式。而如今，我的故乡、我的城市早已面目全非了。我小时候，那么容易见到萤火虫和屎壳郎，如今要再次见到，却简直是个梦。我总是想带着小友回到我的故乡去看看我儿时的自然，却发现早已断了来路。

大自然的美是摄人心魄的，也许这就是鼓动小友一次又一次要养动物的莫名冲动吧。而我也希望，每一个动物的生命都能在我和小友的手中活得长久。

小友，还有动物们的安全问题

小友穿着他妈给买的新衣服走在春天里，我一点都不高兴。他走在雾霾里，一直走，似乎永远都走不出去。太阳高高的，像小硬币一样在天空发亮，后来光线又弱下来，太阳好像要被淹没了，没有人救得了它。

雾霾的世界，和雾霾外的世界，是两个世界。而我们都想换一个更健康的地方生活。

有只信鸽在雾霾里飞，羽毛是白色的，一会儿又看到它，竟还是白色的。

给乌龟和金鱼换水，我总觉得它们会死，几个月过去，它们果然死了。但两只牡丹鹦鹉还活着。它是我和小友从花鸟鱼虫市场上买回来的。小友不愿意我抱它们，一个人提着偌大的鸟笼子在水泥地上踉踉跄跄地走。

回来了，我们都很兴奋，却不知道如何养它们，于是将笼子放在厨房，试着给它们喂各种食物。喂黄瓜，不吃；喂香蕉，不吃；喂白菜，不吃；喂小米、瓜子，它们吃了一点，我们就高兴

起来，不管它们了。

没两天，我就后悔了，害怕它们有传染病，于是赶紧上网，一搜索，才知道鹦鹉热很吓人。正在我挣扎着想是否把鹦鹉送人的时候，小友就发高烧了。他不再蹦蹦跳跳，不再丢我的书了，而是气息微弱地躺在床上，像换了一个人。我喂水给他喝，像要浇灭一团火，但那烧却迟迟不退。我很害怕，六神无主，希望小友快点好起来——我爱他呀，但之前我刚批评他把80块钱的玩具给毁了。

我想到那两只牡丹鹦鹉，觉得小友的病和它们有关，就跑到厨房去，那时我的脸色也许很吓人，鹦鹉们都赶紧躲到窝里去了。再后来，小友病好，我再去看牡丹鹦鹉，它们很坦然地站在笼子的栖架上继续聊天，仿佛什么事都没有发生过。

我是如此胆小如鼠，担心小友的安全问题，却也明白，总有一些危险需要他去面对；就好像他无数次摔倒在地，我没去扶，看着他一边哭一边挣扎着爬起来。

我想过让他独自一人上学或放学，有次差点成功了。那是清明节，放学的时候，为了祭奠去世的母亲，我在幼儿园门口一个摊贩那儿买了纸钱，却没带打火机。小友要我在原地待着，他一个人走回家去拿打火机。他在熙熙攘攘的人流、车流中朝家的方向走去，我胆战心惊地偷偷跟在他后面。他不自知，也不回头，慢慢走到小河边又退回来找我——他忘记问我要回家的钥匙了。

有时，我也会带小友到家旁边的丽景湾酒店去游泳，那里有一个大的游泳池。最初，他套着游泳圈，在儿童泳池里站着，哪里都不去，玩他的玩具。后来，我不断把他骗到深水区去，他一次又一次抓牢我，不肯松手，仿佛壁虎紧紧贴着安全的墙壁。现在，他有点喜欢游泳了。

我越来越发现，自己身上，两种矛盾的念头在交锋：希望小友安全，又希望他能勇敢地尝试世界上一切有趣和丰富的事物。我自己不也一样吗？我的心脏稍微有一点不正常的跳动，我就觉得自己快死了。我也总觉得有人跟踪我，想要杀掉我，只是现在还没有动手。而这一切，都不影响我想做最刺激事情的冲动。

几年前，小友的姥姥为小友养了两只鸡。其中一只，从十三层我们家厨房的阳台飞落。我们下楼，遍找不见，觉得它一定是死了。两天后，它站在小区前茂密的灌木丛里，羽毛稀疏，样子狼狈地看着我们。这两天，它是怎么过来的，不知道。但我们还是抓不住它，它踉踉跄跄地一路跑着，把我们丢出老远。

尽管后来我们还是抓住了它，并且又养了一段时间，最后杀了它，给小友做了鸡汤。但我总想起那个奔跑的时刻：那只鸡，也许在那一刻是自由的、幸福的。虽然危险，虽然前途未卜，但往日的艰难，为它贯注了生命的力量。

小友的画

姥姥不在的日子里，小友就去“眉州小吃”吃饭。他坐在椅子上，在点菜单上找到“四川汤圆”几个字，在它的后面画上一个勾，然后继续寻找“担担面”的下落。他找到了，在后面同样画上一个勾。但接下来却有些踌躇，他问我“酸梅汤”几个字怎么写。我告诉他在哪儿，他便满意地也同样在这几个字的后面画上勾，然后学大人的样子，手举着点菜单喊道：“好了，服务员阿姨！”

在等待的时间里，小友开始安静地画画，他沉浸到画里去了。“眉州”的服务员阿姨知道，点菜单总得留下一些来供这个小朋友创作，因为菜单背面是一片空白，可以拿来画最美的图案。

饭菜上来了，小友的画也画好了。各种生物摇曳在画纸上：尼斯湖的水怪蛇颈龙，奇怪的我叫不出名字的犀牛，还有一种吃椰子的椰子蟹，另外还有长着猪鼻子的太阳……没有一个是现实中的动物。或者准确地说，这些画上的动物小友在生活中一个都没碰到过。

画完，小友开始吃饭。这画他随手就送给我了，有时候则郑重地要我代为保管。

因为“眉州”，我存着小友一大堆的画，这些画都放在我的书柜里。

我很早就发现小友对绘画是热爱的。但其实哪个小孩对绘画没有热爱呢。小友刚会走路，就在家里的各面白墙上画各种各样的图案，虽然大多数图案在我们看来是毫无意义的线条。要不是因为在家里，要不是因为这画的作者是小友，我是不会留意这些线条的。红色的、黄色的、黑色的线条从墙的一头到另一头去，好像在进行一场旅行。有些则是一个莫名其妙的封闭的几何图案，寥寥几笔，却让我想上很久——这到底是个什么东西呢？

全家人都指责小友，只有我站在他那边，最终的妥协是保留了一面墙他可以随意画。但到了后来，小友在墙上绘画的热情消退了，他把战场转移到了纸面上。他坐着、躺着、趴着、蹲着，在床上，在地上，在沙发上，在“眉州小吃”的椅子上，只要想起来，只要有纸和笔，他就开始画起来，投身其中，像一个爱游泳的孩子跳入宁静的大海。

有几天，小友病了，后来又好了。他从上午到下午一直缠着我不放，希望我讲故事给他听。刚开始我还有耐心，后来就生气了，叫他不要老缠着我，我要写稿，有大量的工作要做。他沉默

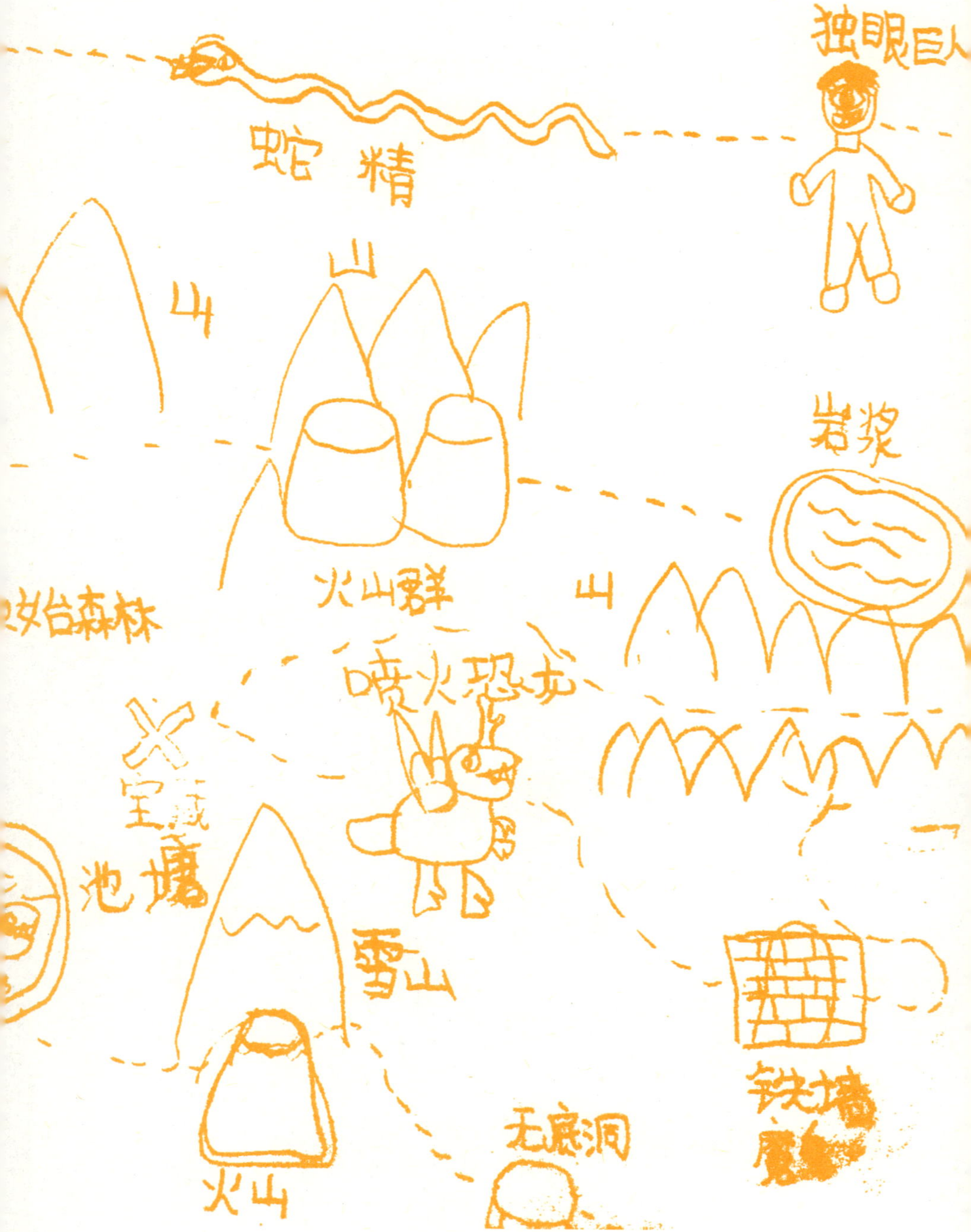

蛇精
独眼巨人
山
山
岩浆
火山群
始森林
山
喷火恐龙
宝藏
池塘
雪山
火山
无底洞
铁墙

了，拿一支笔在我的书上画。我又说他，他开始在桌子上画，后来他又去客厅。我继续做自己的事情，忘记他了。等到想起来，客厅那边安安静静的，我走过去，小友睡在客厅的沙发上，蜷缩着，手里拿着纸和笔。

纸上，是几只鸟在飞翔。同它们一起“飞”的，还有白云和太阳。还有一个大人带着一个孩子（后来小友说是我和他），两个人的心脏离开了身体，像两朵云一样飘浮在空气中。还有很多动物，猛犸象是微笑的，鲨鱼是微笑的，树有脸，也微笑着，云朵和太阳也微笑着，没有哪张脸是在哭泣的。

有时候，为了一个玩具，或者别的什么东西，小友和好朋友朱玥昕就吵起架来。他们并不打架，只是吵，看谁的分贝更高，然后用言语互相威胁对方：“你走，你别到我家来了！”大多数时候，我都不去管他们，让他们用自己的方式去解决。最终，两个人各回各家，到各自的世界里去寻找安慰。小友则把宣泄的窗口投注到白纸上。他在狂怒中拿起彩笔，疾速地在白纸上行进，速度越来越快，像午夜的暴风雨，白纸颤抖着，仿佛随时准备化为齑粉。小友的笔似乎追赶不上他的大脑，而他也一边画一边痛苦地喊着：“我画不好，画个东西都画不好，每个人每样东西都惹我生气，画什么画呀，别画了……”

画画之于小友，也许真是又快乐又痛苦的事情吧。但我总是震惊，他那么容易就开始下笔了，他根本不管描绘一头犀牛需要有多少的细节，比如犀牛脑袋和身子的比例如何，它的眼睛长在哪里，它的皮肤应该是什么颜色，它所处的是一个什么样的环境，他一概不管，一心一意，旁若无物，果断下笔。当然，小友的许多作品并不是完美的，我却总是赞美它的第一人。

我不断地给小友买来纸和笔，小友不断地画，我不断地表扬他，而他也心甘情愿地接受我的表扬。我似乎也知道，绘画是小友的愿望，但他也许并没有这个禀赋。

在学校，我看到小友和其他小朋友的画一起被展示在班级外面墙壁的宣传栏上。这些画都画得像极了，有时候是一片向日葵，有时候是天边的彩虹，有时候是常见的某种动物，但我分不出哪个是小友画的。直到小友为我找到，我才明白了，也有淡淡的哀伤。

这些画和小友平常画的是那么不一样，更纯熟，更老练，更像我们想象的那回事了，可是好像也失去了别的什么。仿佛有另外的人，别的什么人，在帮小友握着他心中的那支画笔。

我总觉得，小友最喜爱的，也许并不是他面前的这个世界，而是想象的世界。他一次也没画过与他朝夕相处的幼儿园，没画过我们所在的小区和城市，没画过他的任何一次出游。他的画纸上，最经常出现的永远是恐龙、戴帽子的女巫、幽灵、各种各样奇奇怪怪的动物（似乎有点像《山海经》里的那些）……有时候他把自己也画上去，让自己置身其中，有时候带上妈妈，有时候则单独带上我。他只有一次让我们一家人在画本上团聚。这是疏忽吗，还是我和他妈一次又一次的吵架带给他的阴影？

绘画，无疑还是快乐的事。每当我看到小友画画，看到他那种投身其中、自然流露的微笑，我就觉得我如今所做的每一次努力，都好像在荒凉的沙漠里开垦绿洲。

看鱼

去幼儿园上学，小友每天都要经过“眉州小吃”旁边那个海鲜市场。海鲜市场很大，但大都是卖水果、蔬菜、鲜花和其他杂货的，只有两家海鲜铺。面对水池里各种各样的海鲜，小友有一种离奇的满足感。

小友站在那里，开始问一个个问题，但卖海鲜的大爷对他的好奇显然无动于衷。

“叔叔，这是什么鱼？”“叔叔，这鱼翻过来了，它是不是快死了？”“叔叔，为什么它叫珍宝蟹，难道它是个珍宝？”“叔叔，你把鱼的标签贴错了，应该贴在那个水缸上。”……

商贩们想着别的事情，不明白这个小孩为什么这么晚还不去上学，或者还不回家。对于这些辛苦劳作的商贩来说，他们之所以在这里，不是为了回答小友那些鬼都不一定能回答上来的问题，而是想尽快地把那些该死的海鲜卖出去。

生命是多么焦灼啊，实在是没有吟风弄月的闲情。

但小友不管，他注视着波士顿龙虾，这是连北京动物园里都没有的东西，却在家门口的海鲜市场里每天都能看到。这是怎样的幸福啊！所以一定要多看上几分钟。

商贩们没有心思回答小友的疑问，小友便开始了自己的探索。他把皮皮虾丢到有珍宝蟹的水池里去，想知道珍宝蟹会不会吃它。他还用手去摸帝王蟹的钳子，想知道它的钳子到底有多大的威力。他把爬到地上的螃蟹捡回水缸里，还向路过的人介绍自己的看鱼心得。“知道这是什么吗？”他自问自答，“大黄鱼！”然后喜笑颜开。

大多数时候，我只是站在海鲜市场的外面，等待着小友在激情消退后回到我身边来。我们是所有人中问了一堆问题还什么都不买的“唯一”的两个。小友站在海鲜铺子前，一站就是很久，像个没爹娘的孩子。我则悄悄躲在市场的角落，直到终于有人高喊一声：“谁家的孩子啊！到底有没有人管呀！”我才像一个做错事的孩子一样走过来，把小友从他的店铺前领走。

其实，我也买过几次鱼。我觉得自己在为那么多次什么也不买还债。我眼睛盯着商贩的手，他狠狠地摔鱼，手拿着刀去鱼鳞。我心里想着，拿着一把刀的人是危险的，他很难控制自己的情绪，那些武侠故事，那些都市新闻，那些每天内心的纠结，都一股脑地涌上他的心头。每一个手拿凶器的人，都是一个潜伏的武松，也是一个随时准备手刃仇人、投奔梁山的林冲。

我不敢砍价，他们说多少钱，我都能接受。

有时候，我们转移阵地，去别的地方看鱼。我们家周围，总能找到好几家看鱼的地方。除了海鲜市场，还有好几个菜市场，还有华堂商场地下一层。

我们喜欢去华堂商场地下一层。那里，没有人注视我们，我们想看多久就看多久。可惜的是，没有波士顿龙虾。

有时候，我们也去动物园，看巨大的水池里巨大的海象鱼缓慢地从面前游过。那时候，也没有人走过来打扰我们，我们也无须担负内心的愧疚，这对小友、对我来说，都是最幸福的时刻。

海象鱼在游动，我们在停留。这个快速奔跑的时代和海象鱼无关，和我们也暂时无关。无论外面的世界如何改变，海象鱼永远以亘古不变的姿态缓慢地游过注视它的人。面对这庞然大物，我们不由地就放慢了脚步，心也慢了下来，回到最初的童年时刻。

我有点理解小友为什么喜欢看鱼了。在这些鱼身上，背负着一个个渴望，也背负着一个个世界。

黑麻板村

姥姥住在黑麻板，小友经常回姥姥家去。他说自己是黑麻板人。

以前我不知道黑麻板为什么叫黑麻板，后来才知道这是个蒙古名字，翻译过来叫“简陋的房子”。

还真是。村子里直到现在还有好多简陋的住人的房子。

北京有的，黑麻板很多都没有。没有大饭店，没有电影院，没有游乐场，没有公园，没有高楼大厦，没有柏油马路，没有各种好吃的……好多没有啊。

不过，黑麻板也有北京没有的。

比如在北京，我们住在一栋高高的楼里，离地面很远，离泥土很远。在姥姥家，却有一大片菜地，种着萝卜、白菜、西红柿、黄瓜、蒜苗、大葱、土豆、辣椒、豆角……有时候，我们就喜欢到菜地里去，像植物那么站着，像动物那么走来走去。

菜地上的东西已经够神奇了，土里的东西就更有意思了。

洋姜是野生的，我们并没有做什么，它就从土地里长出来了。

我带着小友翻过菜园的土墙去，一片洋姜在向我们招手。我们刚开始拿着铁锹挖，后来干脆用手。那些洋姜从土里滚出来，很多很多。我们手忙脚乱。我和小友不停喊着它们名字的内蒙方言：“洋蛮茎，洋蛮茎，洋蛮茎，洋蛮茎……”好像这是咒语，好像我们是魔法师，只要念咒，就会有更多的洋姜从土里钻出来。这些大地的孩子，我一拔出它们的根，它们就纷纷奔跑着涌向我们的脚边，还带着泥土的气息。我多喜欢闻这气息。我给它们洗澡，正如给摸爬滚打一天的小友洗干净手脚。

而在泥土里，还有蚯蚓、西瓜虫、金龟子的幼虫等各种好玩的动物。小友把它们轻轻放在手心，感受它们身体和心灵的跳动。

除了这些，我们还喜欢玉米地。姥姥家有十亩玉米地。往玉米地一望，那内心立刻变得安静和宽广了。十月收割的季节，站

在玉米地里，那些玉米秆高过我，给我带来阴凉。每一株玉米秆都那么相似，但每个被苞叶包裹着玉米却是不同的。有的干瘪，有的鼓胀，有的金黄，有的黯然。如果我不打开它们，就永远猜不到里面的模样。如果我解开苞叶，看到一片裸体的金黄，那无疑是幸福的时刻，好像得到上帝赐予的光。

而小友已经手握镰刀，使足吃奶的劲，踉踉跄跄割倒一株玉米秆。他问：“我厉害不？”

他笑着跑向我，忘记了手中还抓着镰刀，要和我拥抱。而我，却跑得离他远远的。

…………

所有这些，都是北京没有的。

我们还去爬山。北京也有山，可它离我们太远了。太远，就好像没有一样。可是在黑麻板，村子后面就是山。那山多近啊，我们一出门就到了山脚下。

去爬山，有时候是我和小友，有时候是我们和村里的孩子一起。

我们来到山脚下，清澈的山泉水从山体里渗出来，流到村民修的水渠里。我们蹲下来喝水，那水多清甜，比北京的矿泉水还好喝。孩子们喝饱了，便用手拦成水坝的样子，那泉水受到阻力，水流就放缓了。最前面的孩子又突然放开手，水一下子恢复自由，都涌出了水渠，冲到后面孩子的身上。每个人都笑起来。而所有这些孩子中，最不知道躲避的是小友。他的身上被水溅得到处都是，衣服湿了，刚换的新鞋子也湿了。他为自己的形象不好意思地笑起来。他尴尬地看着我，以为我会批评他。但我笑着，什么也没说。

水，使孩子们变得更快乐了。

山似乎也是。那么陡的坡，摔下去可麻烦了，但山的危险似乎只有我感觉到了，孩子们并不觉得有什么。他们争先恐后爬到山顶，从上面往下看，看到了小小的黑麻板村，看到了自己小小的家和远处的田野。他们高兴地喊起来，并从山顶上往下丢石头。那山上还有墓地，还有人去祭拜留下的花圈、鞭炮、酒杯。年年月月，这些墓地里的死者都在这里，看着山脚下他们的子孙每天如何生活。

黑麻板的山是贫瘠的，可它还是给我们那么多。它还有一个名字，叫大青山。我给孩子们讲大青山的故事，讲曾经在这里游牧的蒙古人，讲曾经的大青山，是“敕勒川，阴山下，天似穹庐，笼盖四野。天苍苍，野茫茫，风吹草低见牛羊”。孩子们瞪大眼睛，不敢相信。眼前的大青山是那么荒凉，景色那么单调，只零星长着点小花、酸枣树和松树。但我们还是那么喜欢它，觉得那美是那么不容易。

大家下山，下到杨圪楞的大斗灵沟里去。每逢下过雨，那沟里就涨满了水，有了许多在枯水期没有的动物。比如泥鳅，比如鱼，比如小虾，比如青蛙。

我们还在石头下看到两条蛇。它们并没有攻击我们，但我们吓坏了，激动坏了，拥抱着，欢呼着，拼命地喊，把它们吓跑了。

蛇走了，天也黑了，我们也要回家了。在路上，小友说这是他最快乐的一天。在黑麻板，他说过很多次类似的话。小友的欲望是那么容易满足，而我不会。还有比黑麻板更好的地方，还有比黑麻板更好的村庄。我有时候想，要是把所有的美好放在一个地方该多好。

我小时候也曾在乡村长大，但那时候我并不觉得有多么美好。如今回忆起来，才知道那是无价的宝库。如今，我回到童年的乡下去，看到它如此破败。我不敢相信我曾在那里待过（我曾在那里游过泳，看过萤火虫，吃过最美味的食物……），就像我不敢相信从前我碰到的那个天真烂漫的小女孩，如今成了一个衰朽的老太婆。

在黑麻板，夜晚来临了，牛羊回到自己的圈中，姥姥做晚饭的香味飘到我们的鼻子里来。站在院子里看天，能看到很多星星。我告诉小友哪个是牛郎星，哪个是织女星，哪里是银河。

不远处汽车在高速路上轰鸣。它提醒我，黑麻板还不是最寂静、最美好的。但我感谢老天，在我童年的乡村回不去的时候，还有一个乡村让我能够回来，让我和小友能看到头顶的蓝天和夜晚的繁星。黑麻板还给了小友一些朋友，给了我们一些欢乐，给了我和小友一个菜园，让我们在春天种下想种的一切，并在秋天收获它们。

乡村，不仅有浪漫，也有汗水。

也因为这些，我们不再是乡村的过客，而是那里的经历者和生活者。乡村不仅是作为景观在那里供我们观赏的，也是让我们走过来，用我们的手、我们的脚、我们的汗水、我们的鲜血去紧紧拥抱和热爱的。

也许因为这些，我能更深入体会乡村的美。

病的事，药的事

板蓝根颗粒、太极急支糖浆、好娃娃小儿氨酚烷胺颗粒、好娃娃健儿消食口服液、小儿氨酚黄那敏颗粒、小儿退热口服液、葵花牌小儿肺热咳喘口服液、肺力咳合剂、赖氨肌醇维 B12 口服溶液、蓝芩口服液、养阴清肺糖浆、头孢克肟干混悬剂、吴太咽炎片、布洛芬口腔崩解片……这些药，都是小友出生后来到我们家的。有些常见，有些我一无所知，像面对一片陌生而神秘的森林。小友生病时，我便开始学习如何使用这些药品。我打开盒子，看里面的说明书，就像看动物园里刚到的最新奇的动物。

我观察小友的病情，给他量体温、分析病情……随着时间一点点过去，小友的哭喊声越来越大，体温也一点点升高，我的分析还未有最终结果。这时，我才明白医生工作的不易。

有时候，是我先去医院挂号，随后他母亲带小友前往；有时候则是我们全家一起出动。我发疯一样冲到楼下去拦出租车，又发疯一样跑回来取忘带的钱包。我总是忘记拿病历本，于是到医院只好又买一本。我不停抱怨，抱怨医院太远，抱怨路上堵车，

我不停催促的士司机，甚至冲下车抱着小友一路狂奔。小友的身体不断地从我身上滑落，但在快要落地之前，我一定会把他紧紧抱住。

终于，医院遥遥在望，我像追赶一趟快出发的列车一样奔向医院，似乎跑得慢了，医院就会像列车一样开走。接下来，就是在医院熟悉的消毒水和廉价饭菜的气味里，在冗长而混乱的求医队伍里，等待医生的“召见”。

等待的时光是难熬的，也是无所事事的。我看到一个男孩威严地拉开自己外套的拉链，像某个动画片里的英雄一样向前跳一步，左右手分别打在他惆怅的姥姥、姥爷的肚子上。而兴致盎然的他，又在三两个病歪歪的孩子面前展示了一套自己独创的最新武功。可惜的是，哭得投入的这几个孩子打不起精神去理这个小英雄。

好戏没多久，小英雄进了病房。里面传来震耳欲聋的哭声，这声音比之前的所有哭声加起来还要大，也加重了所有在场还未进病房的孩子的忧愁。

然后，轮到我们了。我给小友复习他所熟悉的各种勇敢的故事，他却警惕地看着各种疑似针管的东西。他不停地和医生套近乎，极力露出最美的微笑，说自己的状态一切良好，不要给他打针，不要给他吃苦药云云。我也随时保持警惕，害怕医生的任何

一个微小动作会让小友突然夺门而出。

但有时候的准备是防不胜防的。一次，医生刚拿出针头，我还没回过神来，小友就跑了。我楼上楼下找了好久，以为小友被拐卖了，心情低落到了极点，但最后非常幸运地发现他瑟瑟发抖地躲在二楼的一个男厕所。

在医院，我总是面临挑战，而我还不知道如何准确描述小友生病的起因。我永远怕遗漏要点，绞尽脑汁地把能想到的一切都在尽可能短的时间内说出来。在这个闹哄哄的环境里，还不时有人进来打断我和医生的谈话。有的是走错房间，有的是等得不耐烦想知道里面到底发生了什么……我不得不集中注意力，以一种禅定的状态去努力回想小友生病前后发生的一切。上帝啊，医院会不会使人成佛？

终于，拍片、各种仪器检测、缴费，最后得出的结论是小友什么病也没有，我们离开了阴暗、嘈杂的医院。医院外，温暖的阳光照着高大的树木和正在盛开的花朵，也照着小友欢呼雀跃的脸。而在其他几个泪眼婆娑的孩子手里，则多了从医院外小贩手中买来的几个廉价气球，那是他们在病房里寻死觅活最终屈服后从父母那儿得到的回报。

医院，这个让小友和所有孩子不断产生屈辱感的地方，像黑暗里黄瘦耗子的牙齿一样紧紧咬住每个孩子的心。但其实，更害怕的是我。我从未有这么多次频繁地踏进医院的大门。精神的那个我在折磨着作为肉体的我，至死方休。而一个孩子生病的事情，对我也过于复杂、过于神秘了，它像上帝一样，我无法揣测它的旨意。

又有一次，小友莫名其妙地发烧。他姥姥沉思默想了几分钟，说了句“给他叫叫魂！”

他姥姥拿了块红布系在小友的衣服上，打开厕所水龙头。在哗哗的流水声中，他姥姥对着水龙头一次次高喊：“小友，快回啊！”他妈则在卧室里替躺在病床上高烧不退、疲惫不堪的小友一遍遍回应：“回来了！”

后来，小友果然就好了。如今回想起来，我依然无法问心无愧地回答，到底是哪种奇特的力量做到了这一切。

饭桌上的哈姆雷特

吃饭的时候，不要看书！

吃饭的时候，不要老问问题！

吃饭的时候，不要说话！

吃饭的时候，不要瞎玩！

他妈妈每一道禁令的下达，都使得小友吃饭的快感在减弱。之前，他在床上吃饭，站在椅子上吃饭，吃一会儿玩一会儿他的玩具或者看看他的书，饭菜从他的筷子和嘴巴处纷纷掉落，好像天女散花一般。

小友的嘴里还塞满了山楂片、腰果、巧克力、蛋炒饭、香肠等食物，他在我面前跳起他能跳的最狂野、最奔放的舞蹈。他唱着那些他平常最喜欢的歌曲，还突然几次把自己的短裤脱下来，转过身子，在我面前晃动他那两瓣白嫩的小屁股，就好像一个最疯狂的球迷在自己最喜爱的球队进球之后掩饰不住的那种喜悦。

饭桌上，我们每一双眼睛都在看着小友。他把饭菜撒了，悲剧已经造成。他妈终于忍不住重重地敲了他的脑袋。

他生气地反驳："爸爸，你娶了个坏媳妇！"

此时的我不好表态，只因我也肩负着我的责任。

小友他妈总是很忙，她有大量的工作要做，所以很少有机会来关心我们的生活。但她偶尔也会展示一下自己的厨艺。她把饭菜做好，给我们端上来，那时我们都必须准时出现在餐桌前。我们保持了必要的肃静，等待他妈先拍一张美食图片发到自己的微信朋友圈中，然后我们才能启动我们的筷子。餐桌前，我对他妈做的热腾腾的饭菜表示出惊讶，并致以深深的感谢！

小友迟迟不动筷子，为鼓励他大胆一些，我自己先吃起来。我的脸色越来越难看，但表现得却像是在吃无尽的美味。天啊，这做的是什么饭菜。但我的使命感在召唤我，我决定要经受住考验，不让小友看出破绽。

我咬牙切齿地把给小友做的、他不吃的油焖大虾一个个塞到肚里去。啊，三十块钱没有浪费！虾子都到了我肚里，不过味道有点奇怪。我强忍住恶心，去找老干妈豆瓣酱来为自己的胃压惊。

我继续吃着。还有好多的饭菜，而他妈却没有吃的打算。我问为什么。

她回答我："你不知道做菜的人一般做完菜以后就没有胃口再吃了吗？"

而小友在吃了两口后，也坚决地说自己吃饱了。

我希望小友多少喝点小米粥，于是指着家里的牡丹鹦鹉对他循循善诱："你知道鹦鹉为什么喜欢吃小米吗？因为小米有一种神秘的力量。你刚才喝了一口，有没有感觉到一种神秘的力量流遍

了你的全身？”

“没有。”他回答得倒是诚实。

没办法，我一个人孤独地坐在餐桌前，小友和他妈已经撤离了。我面前是丰盛的菜肴，而这种丰盛却是一种酷刑。我疲惫地、毫无激情地像机器一样把一道道菜送入口腔。我感受不到菜肴的美好，我只是吃而已，我提醒自己不要浪费！

但黄花鱼实在是咽不下，我把它放入冰箱，它在冰箱里待了很久，直到我后来把它扔掉。

我也有歉疚，我的母亲、父亲、奶奶都会做饭，我却不会，我也一直没想过要学。我带着小友从一个餐馆走向另一个餐馆，把小友的胃像押宝一样押到各个餐馆的厨师那里去，让他们来决定我们胃的将来。

我想让小友找到一点家的味道，于是从最简单的几样菜做起。比如做面。做面真是一件神奇的事啊。面多容易做啊，把面条放到煮沸的水里去，再搁点盐，一会儿就可以了。而面又有多种选择，担担面、兰州拉面、鸡蛋面、肉丝面、牛肉面……许许多多，丰富得可以用一句话来形容——“道生一，一生二，二生三，三生万物。”

除此，我也开始学着做四季豆炒腊肉、煎豆腐、土豆丝炒肉……我的老师主要是百度，我不停地搜索菜肴的做法。在炉火开得很旺的时候，我却经常记不住做菜的各个环节和步骤，于是只能一次次快速地冲向卧室的电脑和厨房的锅炉。而小友，也已经习惯我的奔跑了。

我的厨艺在慢慢提高，而小友他妈的厨艺似乎提高得比我更快一些。我们都在改变，我们也都知道，作为一道道新出炉的饭菜，它们也许是不完美的，甚至有些危险，但这里有一阵阵情感的波动、家的在场。当然，一道美味如果真的在我们手中诞生了，我们还是会相当自豪的。

爸爸，能给我讲个故事吗？

看了丰子恺画的《护生画集》以后，小友就不吃动物肉了。

我不知道会是这个局面。他想听故事，我手边正好有一本《护生画集》，就拿过来给他讲。随手翻到一页，就看到一张图。画上，一条鳝鱼在满是热水的锅里翻腾，头和尾都在水里，肚子却高高地拱出水面。

小友问我这是个什么故事。我看了图旁的文字介绍后说："就是讲有一个人，他买了条鳝鱼来吃，煮的时候，这鳝鱼非常努力想把肚子挺起来，不被水烫到。这人对此很惊讶，就把鳝鱼捞起来，剖开它的肚子，发现里面有个宝宝，可是已经死了。"

我刚说完，小友就哭了。他泪流满面地指着图画上鳝鱼的肚子说："它好可怜啊。"

我也觉得有点残忍，安慰他，但不管用。他哭了好久，哭完后突然问我："什么是鳝鱼？"

我以为这件事情就算过去了，没想到当晚的饭桌上他就开始拒绝吃鸡肉了。他忧伤地看着鸡的肚子，说："动物们都好可怜。"

我看着小友，说：“这鸡肚子里没有宝宝。”

“那我也不吃。”小友回答。

“这鸡是自然死亡的，它活着的时候，过得很幸福。”我说。

“我不吃。”他顽抗到底。

无论我怎么讲，即使调动脑海里全部的智慧想让小友吃一点东西，他也像下定了决心一样，坐得离饭桌远远的。

这就是讲错一个故事的代价。但我挺喜欢丰子恺，因此一点不埋怨他。我只是担心没有了动物肉，小友的营养跟不上。

我带着小友去菜市场买菜。路过屠宰的地方，看到那些鸡鸭鱼肉挂在铁钩上，他一个人默默地说着：“动物们好可怜。”

几天后，幼儿园的老师告诉我，小友在幼儿园不吃肉。我苦笑，说：“我再劝劝他。”

劝是没有用的，只有继续讲故事给他听。

送他上学，他累了，又要我抱，我说：“给你讲个故事吧。”他表示同意，就这么一直听着跟我走到幼儿园去。他忘记了腿疼，忘记了要去“眉州小吃”吃豆沙包，忘记了时间，忘记了左转还是右转，忘记了他面前的井盖、碎石等，只是热切地看着我的嘴巴，着急地发问。有时候故事还没讲完，但幼儿园已经到了，他欲罢不能，希望我把这个故事讲完。但我告诉他，故事太长了。他于是想了想，认真地看着我的脸说：“爸爸，放学时你来接我，再把故事讲完。”

有时候，我太累，不想讲了。小友就去问姥爷：“姥爷，你能给我讲个故事吗？”姥爷刚讲几句，他就不高兴地打断说：“姥爷，你怎么就只会这个故事啊，你有新故事吗？”

看到妈妈做仰卧起坐，他去帮她压脚。妈妈锻炼完，他问：“妈妈，能给我讲个故事吗？”

妈妈想睡觉了，这是快到夜里12点的时刻。她昏昏欲睡地给小友讲“周处除三害”的故事：“很久很久以前，有一个叫周处的人……”

“可是，妈妈，上次你给我讲的是，周处是先碰到蛟龙，后碰到猛虎的。”小友心急如焚地摇着妈妈。

可是，他妈讲着讲着，已经睡着了。

没有办法，讲故事的重担都压在我身上了。为了应付小友，我重读了《安徒生童话》《意大利童话》，复习了《希腊罗马故事》里的若干章节，还读了《圣经》……我的天，我觉得我的大学时代又回来了。那四年，是我读书最多的时候。

我还在网上订了许多儿童读物。每当送书的叔叔来时，小友总满脸兴奋地跑到那些装书的纸盒前，左看右看，不停问我：“爸爸，这是买给我的吗？还是你的？”

书越来越多，仿佛要把我们家淹没。书柜里、书桌上、床上、椅子上、厕所里、餐桌上、电视柜上、地上、沙发上、房间的各个角落里，到处都是我和小友的书。

有些书，我们读过就再也不会读了。我有点后悔买它。有些书，我们读了一遍又一遍，我想，未来我们还会读它。

我还记得那本叫《苏和的白马》的书。那时候小友还小，当我读到白马死了时，他的眼泪就流下来，像南方春天的雨那样止不住。他哭得那么伤心，我和他妈没一个人能劝住他。他趴在床上，痛苦地抱紧被子，喊着：“白马，为什么要死啊？白马……”

他妈给他解释，但我想，那有什么用呢？

小友有许多的疑问需要解答。有些疑问，我能回答他，有些疑问，我需要和他一起去想办法回答。

“蛇为什么没有腿啊？毛毛虫为什么没有毛？为什么鱼离不开水？为什么我碰到蛇要害怕？”

这样的问题，小友总是突然会问起来，而我总是竭尽全力去解答。

但有的问题，我告诉他了，他也不一定懂。比如在一个故事里，一个人把另一个人杀了。于是小友问我：“为什么人要杀人？”

是啊，人为什么要杀人呢？

我给小友讲孙悟空的故事，过了几天他来问我：“世上真有孙悟空吗？为什么老师说孙悟空不是真的？”

我没有心理准备，孙悟空只是吴承恩《西游记》里的一个角色而已，可我小时候是那么喜欢这个本领高强、自由自在、爱憎分明的猴子，于是我告诉小友：“真的有孙悟空。”

我觉得自己并不是在骗他。

我想，对生活的任意美化，是在侮辱一个孩子的智商；但如果生活的每一步都走在沉闷、乏味的地表之上，而不想到飞翔，那也是对孩子心灵的一种伤害。

不老的故事，变老的我们

和小友走在去学校的路上，我是多么害怕，我每天都在体会才思枯竭的痛苦。

在路上，小友要我讲故事给他听，而我的故事就像存在银行里的钱，越来越少。以前，我有那么多故事可讲，仿佛一个富翁，而每个故事小友都听得如痴如醉。如今，我的好日子到头了。我们走过熙熙攘攘的菜市场，走过丽景湾酒店，走过邵阳餐馆，走过天桥，小友的幼儿园已经遥遥在望。而我还在绞尽脑汁地想，那些小友没听过的该死的故事在哪里？

小友不停催促，一点准备的时间都不给我，他焦急地看着我的脸，喊着："快讲啊，爸爸，快讲啊！学校就要到了，那时候故事又讲不完了！"

这时候，我真希望有一个人走过来拉住我的手说："不要怕，让我讲一个前所未有的故事给你的孩子听。"此时的我，一定会无比的感动。

可这样的事情，一次也没发生过。逐渐地，一些故事就在小

友的逼迫里产生了。我不敢说这些故事有多么精彩，但它们都是我编的，是我混乱不堪的、奇怪的“私生子”。

我杜撰了一只喜欢收藏各种动物粪便的屎壳郎；把小说《铁皮鼓》里永远长不大的奥斯卡的部分情节移植到一只永远也长不大的小盗龙的身上；而一棵会跑的树则纯粹是我想起了电影《魔戒》里的一个形象，于是我把这个形象和今天城市的滥砍滥伐联系起来。

而我也越来越明白，有一本书在手中无疑是安全的。我喜欢被一群书围绕的感觉，那时候我再也不怕没有故事了。一个个的故事就躺在我的那一本本书中，它们永远不会老去，永远都在那里，随时听候我的召唤。

但并不是每本书都是小友喜欢的。《骑鹅历险记》，我刚读第一页，他就不想看了。《西游记》的连环画他都看完了，但《三国演义》的连环画一本都没动。他喜欢卡尔维诺的《意大利童话》，但林格伦的《小飞人卡尔松》他只听了一半，后面那一半就再没听下去。

我难免有些遗憾，但并不把它看作悲剧。有些书，也许需要等上几年，等到小友彻底成熟，他才有可能喜欢。而有些书，他估计一辈子也不会拜读，就像我直到今天也无法面对乔伊斯的《尤利西斯》。

是的，我们都不是完美的人，我们每个人的阅读地图里也充满了我们的个性。我要做的，只是激起小友阅读的热情。

我找来最好的那些翻译家翻译的作品，模仿故事里人物的腔调，大声地读出来，有时候声音战栗，好像面对一个巫婆，有时候声音欢喜，好像在一位美丽的公主面前。我不会说卡尔维诺、马尔克斯、霍桑是多么了不起，作为爸爸的我是多么佩服他们，我只是读而已。

为什么要做这么多铺垫呢？每一个铺垫都是在故事的外面垒上高墙，告诉人们，它是多么遥不可及。

我和小友有时候也会被同一本书吸引，比如《纳尼亚传奇》。但这书太厚了，而小友十分想知道故事的结局，于是他便要我读完开头就直接跳到结尾。我便跳过了羊怪、海狸、矮人、树精，还有白女巫土耳其软糖的诱惑，小主人公们刚从衣柜里进入纳尼亚王国，在碰到危险后马上就从大衣柜里成功地逃脱出来。

这一跳跃，我敢说，比从亚洲跳到美洲的距离更远、更刺激。故事是优美的，但如果有想象力作为翅膀，故事就能飞得更远。

好的书，总能带给孩子一点什么，就像它能抵挡住一些别的什么一样。在拥挤的地铁里，在乏味的旅途中，在公司开年会的时候，只要我带着小友，只要我觉得有一种无聊我无法用其他办法去排解，就总会带本书，以防万一。书读起来，文字变成声音散布到空气里，小友的烦恼就慢慢忘记了，也忘记了地铁里的嘈杂和拥挤，忘记了与姥姥分别的苦痛。

小友全神贯注地听着，很多时候并不发表意见。有时候他会笑，有时候则陷入沉思，而我也看着他，并不和他讨论故事的中心思想等问题。

有一次，给他讲“板桥三娘子”的故事，三娘子将用邪法做出来的烧饼拿来待客，客人吃了以后，全部变成驴子。故事讲完，小友的眼睛里充满了渴望，轻轻地叹气说：“我也好想吃板桥三娘子做的饼啊！”

我笑起来，我有多少年没这么理解一个故事了。

一本好书，它有不同的入口和出口，谁说每个人在书中只能看到别人所看到的风景呢。

这么多年，小友听过多少故事，我不关心，小友还记得多少故事，我也不关心。我不想把读书作为拿来和别人炫耀的资本。作为成人，我们想拿来和别人炫耀的东西已经够多了，工作、房子、车子、票子、女人等都活在众人眼中，而我不想再在这些琳琅满目的标准上多加一条——你家有读完或背完《红楼梦》的宝宝吗？耶，我的孩子可以，我赢了！

曾几何时，我也上过学，还上了很多年，我知道阅读的乐趣是如何获得的。而有时候，学校反而成了剥夺这一乐趣的地方。

在每一个阅读之夜，时间一久，我的眼皮就开始往下耷拉，我不知道故事讲到哪儿了，故事里到底发生了什么，睡眠之神一次次将我拖入梦乡。一个故事我念上四五遍，主人公被我说死了，等到发现我又把他弄活，坏人一会儿变成好人一会儿又变成坏人，一个人是这个名字同时又是另外一个名字……小友认真地听着，越听越糊涂，他发现自己身处在一个迷宫里，而故事却越来越远。

他不停地推我、摇我、打我，甚至揪我的耳朵。他在我耳朵边急切地喊："爸爸，后来呢，后来呢……"

后来，我睡着了。我越来越容易睡着。我也许是累了，也许是老了。

这世上如果真有一个上帝，而他还喜欢拍照的话，在他不断摁下的快门里，我和小友的大部分时光一定是在一起讲一个又一个故事。照片里的小友在逐渐长大，他从什么都不会说到最终参与到故事的阅读和重建中去；而无数个我的形象，在车上，在路上，在家中……最终会汇聚成我唯一的、年老时的模样。

至于那些我和小友讲过的故事，依然在那里，在书中静默，永远年轻。

这不是一个童话

小友，我就站在你家小区外的马路上和你说话。当你走过，我的每片树叶都在飞舞。那不是风动，而是我的心在跳舞。我在这城市里孤独地生活了三年，没有一个人可以真正地交谈，直到遇上你。在所有路过的行人中，只有你停下来看我，不是想砍伐，不是要划伤我的皮肤，而是摸着我问："这棵树有妈妈吗？"

小友，你可知道悲伤的滋味？可有人为你流过眼泪？你的眼睛是否为别人湿润过？死亡可曾带走你爱的人，哪怕仅仅一个？死亡，你所有朋友中最晚认识的那一个，会让你明白生活的意义。

不仅是残酷，不仅是冰冷，它会让你明白什么是你心中最珍贵的。

这种悲哀的滋味，不是你丢掉一样最喜爱的玩具，不是你没吃上可口的食物，而是另一种悲哀，另一种无可挽回的失落。在你人生的舞台上，最重要的几个人中的一个，离场了，可你的生活还得继续下去。

是的，我一直没告诉你，我的妈妈死了。这不是什么大不了的事情。这个城市，每一年、每一个月，甚至每一天，都有一些树被砍掉，为了留出空间去建广场、住宅、房屋。还有更多的树被从别处运来，装点这个人类的城市。

这个城市，昨天一朵花还在那里，今天却变成写字楼，高过我面前的天空。我一次次失去理智，挥舞手臂，揪扯头发，想大声叫出来，想放肆奔跑，仿佛不那么做就会疯掉。

或者，我已经疯掉了。

吹拂我的，是时代的风。

我看到妈妈倒下去的时候，是极不情愿的。她带着一个人弥留之际极不情愿离开这个世界的叹息。她慢慢倒下去，但也终于倒下去了。

从那时起，我就知道没有什么是永恒不变的。一棵树不能永远地立在那儿，就像你不能永远地陪伴在我左右。

上个月，那只每天都要来看我、给我讲一些远方故事的麻雀也走了。

临走前，我问它："你不是留鸟吗？你不能到处跑的！"

妈妈好

它说：“这地方我待不下去了，我视力下降了很多，嗓子被汽车尾气给熏坏了，天空也不是原来的模样了。”

说完，它看了看天空，飞起来，戴着它的口罩在天空中盘旋了一圈，不见了。

它再没有回来。

如今，我彻底枯萎了。小友，你会明白的。如果你爱的人不在，如果你已没有了爱的能力，你也会枯萎，像被压榨完的甘蔗，像放在餐桌上许久的苹果，像离开了枝头的树叶。

小友，你还是个孩子。你如今还不能理解我，不能接受这一切。你要饱满的汁水、肿胀的乳房，你要重新焕发青春的世界——像干枯的树叶重新回到枝头，像年迈的老人重回他的年轻时代。

但是，不会的。

戏剧性的变化

“小友想学太极吗？”

“小友想学围棋吗？”

“小友想学书法吗？”

“小友想学游泳吗？”

“小友想学击剑吗？”

“小友想学拳击吗？”

“小友想学柔道吗？”

“小友想学舞蹈吗？”

“小友很有天赋，我们这里有一个班，专门针对像他这样聪明的小孩。”

“你是小友爸爸吧！祝贺你，你有这么优秀的一个儿子！我做武术教练这么多年，还是第一次发现身体和心理素质都这么好的孩子！年龄小，又聪明，各方面都很棒！你儿子来我们这儿报不报名没关系，但我一定要告诉你，你有这么好的儿子，不报名，真有点可惜了……”

“哎呀，终于打通了，打通你的电话真不容易！没时间？没关系，只需要给我一分钟，我能给你孩子一个未来！”

…………

每当接到这样的电话，我就气不打一处来。这些人，都是从哪儿知道我的电话的。我根本没见过他们，不认识他们，也没听说过他们。难道是移动公司泄露了我的电话？难道是之前那个房屋中介公司的人告诉他们的？难道是当当网？……

友友放学回来了，他手里拿着一个新玩具——一个小汽车塑料模型。看上去挺廉价，但他玩得很高兴。

我：“这是哪儿来的？”

小友：“校门口，有人要我填一张表格，我就填了，他就给我这个。”

我：“都填什么了？”

小友：“我的名字，还有家长的电话号码。”

我：“啊！”

小友：“我填了好几次，得了好几个玩具。爸爸，你看，我终于不要你花钱给我买玩具了。”

我一句话也回答不出来，脸涨得通红，双手插在裤兜里，垂头丧气地走了。

我对你的爱，小心翼翼

给小友，在他被姥姥带走之后

交出眼泪，交出树梢上最后一片树叶，
交出口袋里的零钱，交出一年来的果实和收获，
交出你狼狈的走路的姿态。

交出京客隆超市的鸡蛋，交出两块钱一斤的黄瓜和蔬菜，
交出你的笔记本、银行卡、手机，还有钥匙，
交出你所有的记忆、所有的吻、所有的拥抱、所有的渴望……
“你拥有什么，统统都给我交出来。”

我是一个小偷，窃取你的温暖，在和你分别之前。

写在北京的冬天，大风之夜

无人倾诉的童年，正如无人倾诉的中年和老年

小友，我这几天都在出差，随身带着一本西班牙诗人洛尔迦的诗集。那是我 2002 年 10 月买的，我当天在诗集上写了八个字：“不舍得读，一读再读。”

今晚我读到他的一首诗，叫《水呀你到哪儿去》，翻译者是戴望舒。很美的句子，我读给你听：

水呀你到哪儿去？
我顺着河流，
一路笑到海边去。

海呀你到哪里去？

我向上面的河流
找个地方歇脚去。

赤杨呀，你呢，你做甚么？

我对你甚么话也没有，
我呀……我颤抖！

我要甚么，我不要甚么，
问河去还是问海去？

（四只没有方向的鸟儿，在高高的赤杨树上。）

读这首诗的时候，我就想起你了。水、海，它们都有明确的方向，都知道自己要到哪儿去，可是赤杨树没有，四只停在赤杨树上的小鸟没有，它们会比水和海更不幸福吗？

我不知道。要是以前，我会说是的。但现在，我不知道。

小友，如果是我，我不会问你这样的问题："小友，你要到哪儿去？""你要做什么？""你想成为什么样的人？"只因为我害怕——你颤抖！

你想成为什么样的人？这个问题是多么难回答。你这么小，知道吗？

所以，小友，我不会问你的。

小友，你还记得吗？有一天晚上，你和我吵架，你真的生气了，不理我，拖着自己的小凳子打开家门，到楼道里去了。

很长时间，楼道里安安静静的，也没有人来。我知道你在等

妈妈。

后来，电梯门终于开了，走出来的不是妈妈，而是邻居家的帅帅他妈。黑暗中坐在椅子上的你把她吓了一跳。

“友友，是你吗？你怎么坐在这里？”

你说：“我和爸爸生气了。”

阿姨劝你回去，可你不回。你是属牛的，你那时候真像一头倔牛！

后来，阿姨回家了。很晚了，妈妈还不回来。后来，我到走廊上来，你不知道什么时候在凳子上睡着了，我把你抱回家里。

所以，小友，我不会问你。我希望的，只是我们彼此还能相爱。

小友，你知道吗？我们小区楼下，包括附近几个小区，空地上到处放着一些椅子、破沙发之类的玩意，都是各家各户从自己家里搬出来的。

你注意到没有，平日里，那些椅子上坐的大多是老人。天气好的时候坐的人多点，天气不好的时候人少点。很多老人都很孤独，就在椅子上坐着，也不说话，等着一天过去。

我觉得，他们希望找个人倾诉。

小友，我希望你长大后还愿意和我这个老爸聊天。至于去哪儿的问题，你会回答的。不要着急，你回答得一定比我好。

你为什么要问那么多为什么

“爸爸，世界上现在还有恐龙吗？大人为什么有喉结？人为什么会死？你为什么还要烧纸给奶奶？你为什么不给那个乞丐钱？可昨天你为什么又给了？马路上为什么有些司机开起车来像发了疯？为什么老要我让着妹妹，可她却从不让我？你为什么从不亲我？妈妈为什么却不像你？……”

每天，有一百万个问题从小友的嘴里跳出来，像无数个球抛到我身上，我则像一个不太专业的杂技演员一般疲于应付，渴望将所有的球都接住，保证每一个都不掉到地上，以免它威胁我岌岌可危的声誉。

为什么回答这些问题的是我？

我像一个自动售货机。经过它的人投下一枚硬币，就会有饮料或食物从“口”里吐出来。如果没有反应，别人会以为这机器坏了，要拳打脚踢，或者找个维修工人来修理。

我便是小友的自动售货机，我感受到他对我的信任，也感到自己的责任重大。

很多次，我从人山人海的地铁里挤出来，筋疲力尽地回到家中，饭还没有着落，肚子饿得咕咕叫，还有一大堆的工作要做，面对孩子这么多的为什么，我真想问——为什么你有这么多为什么？

可我还是尽量克制住自己，努力地思考为什么。我像重回高中时的考场，面对老师出的一道道刁钻古怪的难题，想从那些最容易得分的地方入手。

我告诉小友，有些问题是没有答案的，或者至少目前没有答案；有些问题看似有答案，但也许就连告诉我们这个答案的人自己，恐怕也不能肯定这答案是正确的。

比如恐龙。有关恐龙灭绝的问题，一直都存在争议，只是陨石撞击地球的说法似乎更主流一些罢了。也有科学家认为，恐龙灭绝是因为地球自身气候的变化。还有科学家认为，恐龙灭绝是因为它们的数量急剧增加，在植物有限的情况下，草食性恐龙灭绝了。而肉食性恐龙也因为没有了食物而变得疯狂，自相残杀最终灭绝了……

那么该相信哪一种答案呢？是否哪一种答案都不太确定？

小友面对我的提问似乎没有准备。他是给我提问题的，结果却收获更多的问题回去了。我的提问让小友陷入了艰难的思索，他的小脑袋不知道能不能扛得住。

之后的某一天，我发现小友拿着我给他的答案去别的小朋友那里贩卖。

“你们知道恐龙为什么会灭绝吗？”

别的小朋友从未思考过这么深刻的问题，想了半天，纷纷大摇其头。

“因为陨石撞击地球了！”

“哇，小友，你真厉害，这你都知道！”

一片景仰、赞誉声。

我看不下去，离开事发现场。我之前还说了好几种可能，怎么到他那儿，就剩一种了。

又过了很多天，不知道是他不记得了还是想考我，小友又问我：“爸爸，恐龙是怎么灭绝的？”

我回答：“亚当和夏娃拿机枪把它们消灭了。”

我给小友编了一个故事：亚当和夏娃被赶出伊甸园以后，没东西吃，碰到恐龙，就把它们杀了，吃了。

我不容置疑的口气让小友陷入了艰难的思考。最后他提了一个问题：“那时候，就有机枪了吗？”

“这个……好像是有的。”

我不知道小友有没有再就恐龙灭绝的问题去向他的小伙伴们提问。但我知道，我们每一个人，无论大人还是孩子，都习惯到那些我们认为他知道答案的人那里寻找答案，而我们自己却高枕无忧地享受这一切的成果。

晚上，小友他妈下班回来。她突然问我：“你爱我吗？你为什么不再像以前那样，那么经常地说‘我爱你’了？”

为什么？我急忙调动自己全部的才华，试图在最短的时间里为我和小友他妈寻找到一个彼此都满意的答案。

有些东西，不见了

我在从南到北的路上丢失了多位女神，
我在从东到西的路上丢失了许多神明。
两颗星星永远熄灭了，敞开吧，天空。
我失去了海洋中的一座岛，第二座岛。
我甚至不能确定我的脚爪站立在何处，
谁穿着我的毛皮在行走，谁住在我的壳里。
当我爬上陆地时，我的亲属都已死去，
只有我身上的一根小骨头在庆贺周年。
我跳出我的皮，却浪费了我的脊椎和双腿，
我已经一次又一次地失去了我的理智。
很久以前我对这一切眨动过我的第三只眼睛，
我摇动着我的鳍，伸了伸我的四肢。

它丢失了，它不在了，它散落在四面的风中，
我对自己感到惊讶，为什么我剩得这样少。

一个单独的人，此刻暂时还属于人类，

他昨天在电车上只不过丢了一把伞。

——辛波斯卡《失物招领处里一番话》

给小友养的那只小鸡不见了，直到现在我仍然想念它。它是死了、到了某个人的口里，还是长大了，在这个城市的某个角落里安了家？我不知道。

还有两个照相机。一个丢在昆明的机场，一个在家门口被某个小偷相中，从此与我们天各一方。我曾抱着万分之一的希望去派出所报案，乞求那照相机能回来，但没有。照相机里有我带小友出去游玩的照片。照相机丢了，我和小友的一段记忆会被抹掉吗？我不知道。

还有些东西，是小友自己丢掉的。比如他的玩具。在小友他妈不在的那些日子里，他总是把一个小北极熊毛绒玩具当成妈妈。他把它放在自己的枕头旁边，给它盖上被子，抱紧它，好像抱着妈妈一样，这样他一个人也能安静地睡着了。

有一次，小北极熊丢了，他哭得声嘶力竭，哭得眼泪都干了。

他喊着："小北极熊，你在哪里？你不喜欢我了吗？小北极熊，我天天睡觉的时候抱着你、亲你，我的好北极熊啊！你是不是真的死了呀！假如你真的喜欢我，请你出现吧！你看见我孤零零一个人，以后睡觉的时候，再也没有人抱着了，不觉得难过吗？小北极熊，你在哪里？在哪里？在哪里？……"

在隔壁卧室里工作的我听到小友的这些话，不禁大吃一惊。

他从不曾对我说过感情如此炙热的话语。我因那个北极熊而感到愤愤不平。

也许是小友哭得感天动地的缘故，过了几天，他在沙发下面找到了不知什么时候被丢在那里的毛绒小熊。

和小友不同，我是为我母亲而哭泣。

母亲因病去世已有几年了。我总在不同的时间、不同的地点突然想起她。我把自己和母亲合影的一张照片放在钱包里，觉得这就是母亲和我永远在一起了。这张老的黑白照片上，母亲穿着黑色的大衣，双手背在身后，微笑着看着前方。照片上的她，那么年轻，那么美丽。她的旁边，站着年幼的我，带着一副高兴的表情。我们的身后是一架歼 –5 战斗机，那是父亲部队所在的地方——内蒙古毕克齐机场。

但这相片里还有太多的疑问。我和母亲什么时候去的父亲工作的地方？是谁在什么情况下拍下了这张照片？我已经没有任何记忆了，也失去了问母亲这张照片来由的最后机会。

是的，父亲还在。但我和父亲都小心地不去触碰有关母亲一丝一毫的事情，仿佛那是地雷，一旦触碰，定会被炸个粉身碎骨。终于，父亲找了新的老伴，他过新生活去了。既然母亲已经死了，那么让活人也得到安宁吧。

如今，我和母亲的老照片在我的钱包里日渐磨损，它的边缘部分已经看不清了。我想起，母亲在最后活着的岁月里也是这样饱受疾病的摧残。我还记得，和她最后一次的拥抱，是在我北京婚礼的现场。我那时并没有意识到这是最后一次的拥抱，如果知道，我会抱得更久一些，更亲密一些。母亲微笑着和我拥抱，我那时却惊讶于她的身体是如此单薄，仿佛一副枯骨。

关于母亲的事情，许许多多，因为没有照片为证，因为我记忆的消退，因为证人的沉默或者离去，我已经不记得了。但我不希望这样。这是母亲的第二次死亡啊！她的第一次死亡，我已经无可挽回，为避免这第二次的死亡，我必须要做点什么。我也希望小友能记住，他曾有一个无比爱他的奶奶。

在那么多的照片当中，只有一张小友和奶奶的合影，还是小友的妈妈无意间拍到的。那是“五一”期间，我们第一次带刚学会走路的小友回老家，全家人到一个湘菜馆吃饭。饭菜大概还没上来，小友便被他妈妈带到餐馆外面去玩。照片上，小友站在餐馆门口——他占据了照片的一大块面积，在他身后，餐馆的玻璃门内，是小小的我的母亲坐在那里。她那么小，如果不仔细看，简直很难发现。

每当我看到这张照片，总是悲从中来。

我还有很多的话想和母亲说，但一切已经来不及了。有一段时间，我总是想吃丝瓜汤，到每个饭店，我总先问：“有丝瓜汤吗？”我以为吃到和母亲做的同样口味的丝瓜汤，就能让我在片刻之中回到母亲那儿去，但我一直没喝到那样的丝瓜汤，一次也没感受到母亲温暖的怀抱。

生活的每一天都在失去，就像母亲的丝瓜汤一样。而小友还小，很多事情他还无从失去。他的青春、友谊、爱情、事业都会在未来的某个路口等他。我想说，祝他好运。

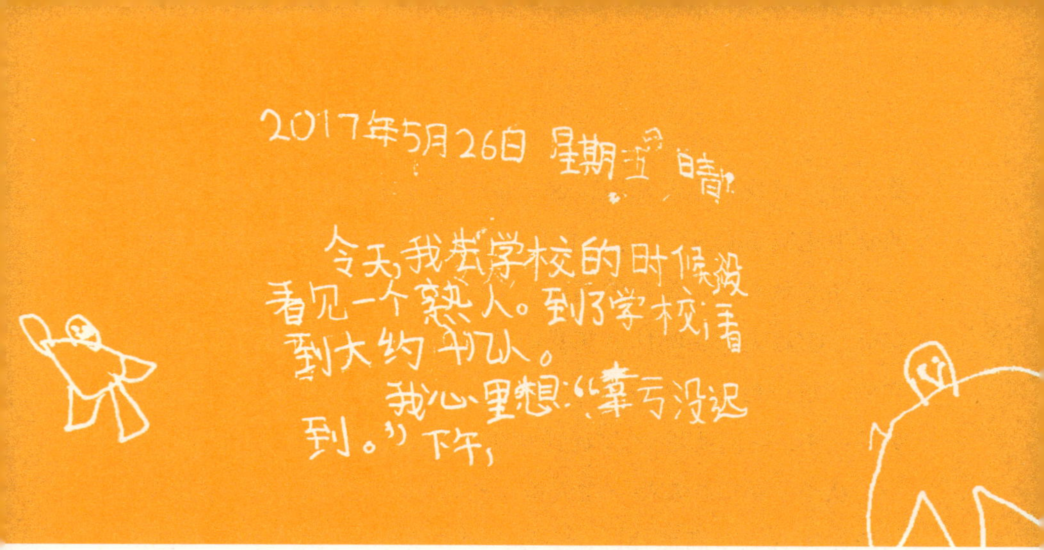

与小友走路去上学

去学校的路有很多条。大的、小的、宽阔的、狭窄的、热闹的、冷清的，柏油路、土路、水泥路、从居民区过的路、两边都是商铺的路……各种各样的路，像各种各样的人生。我和小友，像两枚棋子，向学校走去。这两枚棋子在到达终点前永不分离，但条条大路通往终点，作为棋子的我们有选择路的权利。

我们每天都在路上走，寻找路上的秘密，想尽早爱上北京。

从小区出去，往朝阳北路走，快到十字路口的地方，右手边是一个老的居民小区。那小区的外墙如今去看，光秃秃的，什么都没有。但我和小友知道，这一年中曾有过最盛大、最多、最美的牵牛花爬满墙头。红色、白色、黄色、粉色的花朵绽放在春天、夏天还有秋天里，像花的海洋。那些朝天开着的、如喇叭一样的花朵，吹着美的奏鸣曲，在我们每天路过的地方。我们总要看看它们，站一会儿，然后离去。早上，花朵很早就绽放了。夜晚或更早一些，它们就闭上了自己的嘴唇，什么也不说。

从十字路口往左拐，过天桥，我和小友就来到了另一条路上。马路左边有一个高档社区，还有一个收费很贵的幼儿园，我们从来都没有进去过。马路边能看到很多好车，它们是属于许多有钱人家的。他们将他们的孩子送到这里的幼儿园来，晚上再把他们的孩子接走。早晚时分，这里就要堵车，有时候一会儿就好了，有时候却要堵上很久，直到那些好车开走。

在高档社区靠马路的地方，有一个健身中心，门前的台阶上种着两棵石榴树。冬天，叶子都落了，之前红彤彤的石榴也不知去了哪里。秋天的时候，石榴还在，每次路过那里，小友都会在那儿站上一会儿，看着石榴一天天一点点从绿变红——那热烈的爱啊，原来需要一点点鼓起勇气表达。

一次，小友在石榴树前站了很久。我不知道他在干什么，后来我也走了过去。石榴树的好几片树叶上爬满了蚜虫，比蚜虫更大的是一些蚂蚁，它们也和蚜虫一起，在亲吻蚜虫的尾部，好像蚜虫是它们的妈妈一样。

小友从法布尔的昆虫书上知道，蚜虫是蚂蚁的“奶牛”，它们的腹部末端有两个管子，储存着蚂蚁的甜食——糖浆。蚂蚁“挤”

蚜虫的“奶”，即以挠痒来刺激蚜虫排出糖浆，糖浆流出来马上就被蚂蚁喝掉了。

我给小友读这个故事的时候，我们还从来没见过它们真实的样子。我们没想到，在这石榴树上看到这么多的“奶牛”，和这么多热情高涨的“挤奶工人”。

这发现真让人激动啊。

在从家到学校的各种各样的路上，藏着这么多的秘密，等待我们去探索。

小友在卖油条师傅的油锅前，也能站上十分钟。他看那个叔叔怎么揉面，怎么将面团在案板上按压成长方形，怎么将两根面条叠在一起，压扁，放入烧热的油锅里，直到它们变成金灿灿的。路上行人来来往往，上班的、遛弯的、散步的，从小友身旁穿梭而过，他无动于衷，只是盯着看那油锅，看那油条，看那做油条的叔叔。那叔叔被他看得莫名其妙，看得不好意思，看得都停下手中的活来看他了。他才继续往前走去。

还有那个卖蟑螂药的叔叔。他穿着白大褂像个医生一样站在路边，面前的小推车上放着各种治蟑螂的“灵丹妙药”。他身上的白大褂上，还画着蟑螂、老鼠、七星瓢虫、蚂蚁、屎壳郎等动物的图案，背上还写了几个字：“蟑螂不死我死。”

小友每次碰到他，总要问他：“你什么要杀屎壳郎？为什么要杀七星瓢虫？为什么？”他喋喋不休的质问，让卖蟑螂药的人很不好受，他不停解释：“不杀，不杀，快去上学，都快迟到了！”

终于，这个叔叔扛不住小友一次次的追问，到别的地方吆喝他的生意去了。

还有一位卖臭豆腐的爷爷。从下午四点开始，他和他的臭豆腐小吃车就准时出现在鲁迅文学院的门口。就好像演出要开始一样，作为演员的他一定得站在舞台之上，无论台下有没有观众。说实话，他做的臭豆腐，我觉得并不好吃，只是小友喜欢。他每次路过，必要过去和爷爷打招呼，有时候还把自己的同学、朋友带到那里去，向爷爷一一介绍："这是我的好朋友某某。"而爷爷总会免费送他和他的朋友几块臭豆腐吃。

日子久了，我也留意起这个卖臭豆腐的老人来。他从来都是一个人来，有时候工作到很晚。有一次我和朋友吃完夜宵回家，打车路过那里，他还在那儿。那时是晚上十一点多，风很大，天黑黑的，路上已经没有什么人了。

之后我又买过几次他做的臭豆腐，不知道为什么，我越来越觉得那味道比从前的好。

小友走在路上，有些地方在胃口上把他挽留住了，比如小吃摊、饭店、蛋糕房；有些地方在好奇心上把他挽留住了，比如树叶和花朵；还有的，则在幻觉上把他挽留住了，比如玩具店、药店、超市。我们常常很早从家出发，但一个上午快过去了，我们还在寒风刺骨的公路上漫游，作为棋子的我们忘记了棋盘上的终点和结局。

我们像离开港口的船一样，放任自流。学校在哪儿呢？这路上，是否也有学校呢？

在路上，每个角落都在散发着诱惑，像海妖一样的诱惑。而我和小友，就像是航行在大海上的奥德修斯和他的水手。作为奥德修斯的我，不断地劝诫水手友友，不要去听海妖的诱惑，往自己的耳中注入蜂蜡，并将自己绑在船桅上。小友却不，他自由地舒展开双臂，跟随自己的心，梦幻般地走在这城市的街头。海妖的危险对他来说，是不存在的。

在许多的城市，包括在某些乡村，每一个孩子都像押运车将要押送的珍宝一样，容不得半点闪失。从学校到家，从家到学校，从一处到另一处，安全、速度、效率是最重要的。那路啊，那本该是用孩子的脚一点点、一天天丈量的路啊，被各种各样的汽车甩在身后。于是，那些路就像一条条丧家之犬一样，孤单地游荡在街头，等待着一个孩子去发现它落魄表情下的温柔。

小友和乞丐

乞丐们都穿得很破烂，都很没有尊严。有的腿断了，在地上拖着走；有的脸上可能被开水烫坏了，很吓人的一张脸盯着你，让你不知道他是在哭还是在笑；还有的是孩子，总算健全了，可脸上没表情。他唱："离开父母和朋友，眼含热泪挥挥手，风吹雨打不呀不停留，长长路上我默默地走。多少冬夏与春秋，面对车流和高楼，茫茫人海，去呀去寻找，想要的幸福真难求。三月三呐九月九，汗滴泪水满身流，烈日晒呀寒风透，亲人的笑容，只在梦里头。有苦留在心里头，东奔走啊西奔走，再多的忧愁，不愿说出口。再多的忧愁，不愿说出口……"

他唱这首歌的时候，我和小友就在旁边听。

这首歌叫《新打工谣》，很多乞丐都喜欢唱，可能觉得这首歌容易打动人，好唱，也符合他们的身份。他们衣衫褴褛地穿过人群，带着滑稽的微笑，开始自我介绍：有的人说自己家里有八十岁的老母亲，希望大家帮助残疾人，献一份爱心；有的说自己小时候就死了爹娘，献上这首歌，祝好心人一路平安；

也有一些什么话都不说，就只是“谢谢谢谢”地一路把手移到你的面前。

其实，他们并不需要伸出手，小友就会问我要钱，并把它递到他们的手心。

而我，有时候会主动给他们钱，有时候不给，有时候犹豫了，走出去很远，后来又挣扎着走回去给他们一点钱。

小友：“爸爸，你为什么会这样呢？”

我：“我看过太多乞丐，也被骗过，我觉得有些人可能是骗子，或者把乞讨当成一种职业，他们其实还可以做别的、更有尊严的事。而有些人可能被别人利用了，我给不给他们钱都于事无补。”

小友：“那你为什么又要给他们呢？”

我：“因为我害怕自己麻木了、堕落了，没有同情心了。我给他们一点点钱，对我并没有多少损失，这也证明了我还没有完全麻木。也许，有真的需要帮助的乞丐呢。”

小友对我的话似懂非懂，他说：“我就是觉得他们唱这么久，没有人给他们钱，会挺难过的。”

…………

有好几次，我和小友聊过有关乞丐的话题，但几乎每次我们都无法深入。也许这原因在我，我还不配做一个好的引领者。而一个身边到处是欢乐、不愁吃穿的孩子，想走入一个乞讨者的内心世界，更是艰难的。正如我，人到中年，仍努力地回避一个个乞讨者，害怕他们的眼神会把我冻成冰雪，或者以为，我将在一道眼神的闪电中被烧成灰烬。

我想起来，宋祖英有一首歌叫《三月三 九月九》："三月三九月九，歌儿挽着彩云走。三月三九月九，歌儿挽着彩云走。三月唱播种，九月唱丰收，牧歌满山飘，渔歌浪中游。为什么家乡这样美，只因那各族兄弟手挽手啰嘿，嘢……噻啰噻啰噻啰噻，嘢……噻啰噻啰噻啰噻，兄弟民族手挽手，噻啰噻啰噻。"

我不知道我是谁

兔子达利B不知道自己是兔子，不知道自己该吃什么，不知道自己该住哪里，不知道自己的脚为什么那么大，不知道自己见了黄鼠狼应该躲藏。

那些知道自己是谁的兔子，吃着兔子该吃的一切，住在兔子住的兔子洞里，在黄鼠狼到来之前把自己藏得好好的。

小友，你有点像兔子达利B。从出生到现在，你一点点确认自己的存在，确认语言，确认世界和梦想的边际。

你吃自己的手、脚，你直到现在还有点不敢相信自己有那么一个小鸡鸡。你看到我的鸡鸡说它可怕，而你对自己的则点评为可爱。

你曾经喜欢吃石头，含在嘴里，像含糖果。直到后来不吃了，你又开始相信石头是有脚的。你从外面捡了那么多石头回来，每次清点你都会发现少了一些（其实是我丢的，但那时打死我也不会向你坦白）。你问我："石头不见了，是不是去包头了？"我说："有可能还在北京。"你命令我马上去找，我说："现在我

就写一份‘寻石头启事’，去小区周围的电线杆上贴。”

除了吃石头，你还看上了熊猫爱吃的竹子。你觉得既然大熊猫热爱吃竹子，那么竹子一定是比老冰棍、饼干、牛奶等好吃一百倍的东西。你使出吃奶的劲在动物园跑来跑去到处找竹子，我说动物园的竹子都是给熊猫吃的，小朋友不能吃，你不信。在和我厮打中，你扯到几片竹叶，在我要阻止你之前，风驰电掣地放到自己嘴巴里……

这一切，你还记得吗？

我还记得，有段时间，你对语言的把握就像孩子玩积木，胡乱堆放。“下去小友”，是说你要下去了；“打友友”，不是谁要打你，而是你要打谁了。

有段时间，你的回答永远是“不要”，哪怕需要，你也“不要”。你喜欢这个词，否定一切，不需要，不配合，自我一体。吃饭吗？不要。出去玩吗？不要。去看小鸡吗？不要。你不是真的不要，说完你就去看小鸡了。

谢谢、不客气，这两个词你是这么用的——我给你推开门，你说："不客气。"我只好说："谢谢。"

你喜欢藏獒，要去拥抱它，你不觉得那有多危险。在电梯里、路上，你看到陌生人也会走过去，和他们说话，你不觉得那有多危险。

现在，你不会离藏獒那么近了，你也知道这个世界上有很多坏人，你越来越不敢单独留在家里，或者一个人出去。

正如兔子达利B从其他兔子和黄鼠狼那里知道自己是谁一样，我们也从朋友、同伴、爱人、敌人那里，逐渐地认识到我们是谁，认清这个世界的模样。

小友，我和你一起读《我不知道我是谁》这本书，那只不知道自己是谁的兔子达利B所做的一切，让你哈哈大笑。其实，我挺喜欢它的。它对自己、对世界比别人有更多好奇，有更多渴望，有更多探索。它无惧危险，用纯粹的存在解救了那些"永远知道自己是谁"的兔子们。

小友，你是谁，我又是谁？我是小时候的那个我，还是今天的那个人到中年的我？

这些杂乱的标签，是帮助我理解世界的一面镜子，还是捆缚我心灵的一根绳索？

我们当然要去寻找自我存在的意义。只是，我不知道，在每个人寻找自我的过程中，是否丢弃了一些更为宝贵的东西，更深地进入一个封闭的"自我"之中。

《月下看猫头鹰》

我喜欢这本书。

这是本诗性的书，文字是诗性的，它的象征物——月亮、猫头鹰，也都是诗性的。在今天，诗歌和猫头鹰同样缺乏。

还有，这个故事发生在一个冬天的、下过雪的夜晚，这就更诗性了。

读这本书，就像被诗性包裹，被温暖的火包裹。虽然是冬天，也是温暖的。

这本书其实也可以叫“月下与爸爸去看猫头鹰”，因为它讲的就是爸爸和他的孩子的故事。

想想我的爸爸，我小时候他带我去过哪里，做过什么？

或者想想我的妈妈，我小时候她带我去过哪里，做过什么？

或者想想随便什么最亲密的人吧……

如今，我还记得这一切吗？

每一次陪伴，都是一次旅行，都是一次月下去看猫头鹰。

每次和小友读这本书，翻开第一页，当文字和绘画跃入眼帘，我就来到“我和爸爸”的那片白雪皑皑的森林。而小友，也来了。

小友熟悉这本书的每个细节。他知道哪一页会出来鹿，哪一页的画面上会停着一只狐狸，哪一页会飞来一只猫头鹰。

在故事的最后，我高声朗诵：“出去看猫头鹰，不需要说话，不需要温暖舒适，也不需要别的什么，只要心中有一个希望。爸爸是这么说的。那个希望，会用没有声音的翅膀，在明亮的、看猫头鹰的好月光下，向前飞行。”

这是个温暖的故事，适合睡前朗读，而小友也每次都在这最后的朗读声中睡着了。

这森林，那么遥远，遥远得像小友的梦。这森林，那么贴近，贴近我的耳旁。

小友，我告诉你，这本书其实还可能有另外一种结局，就是你怎么努力都看不到猫头鹰，猫头鹰已经离开了这片森林，或者说它已经不在这个地球上了。

希望，难道不在我们这个世界上了吗？

小友，等你长大一些，我给你讲讲《安妮日记》，讲讲另外一些孩子的命运。

但是，还要有希望。

500年前，我敬佩的德国宗教改革家马丁·路德说过：“即便世界明天就要毁灭，我仍然要种下一棵苹果树。”

家庭对话

一

“老公，你觉得我买的衣服好看不？”

“要我说真话，还是假话？”

“真话。”

“不好看。”

“为什么？”

“看上去像只企鹅。”

“你说点假话会死吗？”

“你要我说真话的，我还是收着说的，实际上你看上去更像头熊。”

“你给我滚远点！有多远滚多远！”

“儿子，你看妈妈穿这身衣服好看吗？”

“好看，妈妈是最好看的！”

“到底是我儿子。我爱你，儿子！”

“我爱你，妈妈。”

二

“爸爸，我给你讲个梦吧。”

“讲。”

“我梦到一棵神奇的石榴树，树上站着三只鸟：一只是红色翅膀的孔雀，一只是白色的苍蝇，一只是金色的大嘴鸟。我摇树，它们也不害怕。我把它们的蛋拿下来，它们也还是不动。最后我把它们的翅膀剪了，它们还是不动。你说我做了那么多坏事，它们也不说我。我在想，为什么呢？后来，我就醒了。”

“这个……”

“爸爸，我还做了一个梦。”

“讲。”

“我梦到我被蛇颈龙吃了。”

“哦。”

“那你为什么不问我，现在我为什么还活着呢？”

“为什么？”

“因为现在的我，不是从前的我了。”

三

“爸爸，我感觉我病了。”

“真的吗？”

“那我明天是不是不用上学了？”

“嗯，我们得去医院看看。”

“那要打针吗？”

“有可能。”

“啊……那我好了。”

四

“爸爸，你有钱吗？你有多少钱？我想买个巧克力，太好看了！”

“可我的钱还得买明天的面包呢！”

“那我把放在妈妈那里的五块钱给你。”

“可那是我给你的呀！”

“你真小气，给我了，还要回去。”

“我这都是为了给你买明天的早餐啊。”

“那为什么妈妈可以买这个买那个，我什么都不能买呢？”

“她是用自己的钱买的呀。她努力工作，挣来的钱买自己喜欢的东西，难道不行吗？你呢？你又不挣钱。要不这样，你今天把家里的地擦干净，我给你五块钱。”

“可我昨天还给你倒洗脚水呢，我还刷马桶呢！”

“可你把厕所的地弄得像发洪水一样！”

“这样吧，那我今天晚上不要你讲三个故事了，只讲两个，可以吧？”

“讲故事是我主动给你讲的，你不谢谢我，现在还讲起条件来了。”

“天啊！我为什么买个巧克力都这么难啊……”

五

“友友，你能不这么大声叫吗？别人会以为这里出人命了呢。”

“爸爸，你不是说就来医院看看，没说给我拔牙呀！”

“这个……这个事情的发展也不是我能控制的呀。谁知道你牙齿怎么这么坏了呢？”

“爸爸，我以后好好刷牙。”

“好的。你要稍微忍耐一点，像个男子汉好吗？”

…………

“你还有要说的吗？待会儿可别叫了。”

“爸爸，你说看完牙给我买玩具是真的吗？”

六

“友友，我们这一辈子好好在一起，下一辈子我们就不再相见了。”

“为什么呢？”

“因为有轮回啊，下一辈子我也许去了另外的地方，变成了植物，或者动物……”

“啊，妈妈，你如果变成动物，被别人抓住怎么办？”

“那是没有办法的事情。”

“不，妈妈，下一辈子，我要变成佛，让你还是我的妈妈，姥姥还是我的姥姥，爸爸还是我的爸爸……”

谁也不能抢走我姥姥

小友和姥姥走在去幼儿园的路上。小友的嘴里是各种零食。姥姥指给他看那个刚走过去的人，问是谁。他终于认出了那个风风火火赶去上班的人，于是低声地说了一句："爸爸。"

小友知道，如果被爸爸看到自己吃零食，后果是很糟糕的，所以还是小心为妙。

从姥姥那儿，小友能得到从爸爸那儿得不到的东西。许多渴望，因为有姥姥相助而得到满足。但有时候，爸爸也成为小友的挡箭牌。

某些天，小友把衣服、裤子穿反了，或者左脚一只凉鞋右脚一只球鞋，就去了学校。姥姥提醒他穿错了。小友回答："爸爸说可以的，爸爸说我怎么穿都行。"

这话确实是我说的。我觉得，人有时候感受一下错误也很好。何况，有些事情没有绝对正确的，超人的内裤还穿在外面呢！难道就他可以吗？

于是，小友很高兴地穿着乱七八糟的衣服上学去，可这就苦了小友的姥姥。她发现这个外孙的主意越来越多，而话也越来越奇怪了。比如：

“姥姥，我长到爸爸那么大，你是不是就老了？”

“不是老了，是死了。”

“我不会让你死的。我会上天去找玉皇大帝，问他要长生不老药给你吃。”

再比如：

“姥姥，我想你和妈妈都在我身边。”

“可姥姥有事情要回去。”

“那我把自己切成两半，鸡鸡也切成两半，一半跟着姥姥，一半去找妈妈。”

“傻孩子，那你就死了。”

“那我去找孙悟空，他会帮我。”

小友总是希望姥姥能一直在他身边，陪伴他长大。睡觉、吃饭、走路，他都要跟着姥姥。姥姥去哪儿，他也去哪儿。姥姥刚进厕所，他马上跑过去敲门，喊：“姥姥，我要进去。”

但，自从二姨生了嘉嘉妹妹以后，事情就好像有点不对了。

二姨是姥姥的第二个女儿，她生了个漂亮的女儿，小友叫她嘉嘉妹妹。小嘉嘉那么可爱，眼睛那么黑、那么圆，盯着一个人看又是那么久、那么入神，好像要把一个人看化掉一样。

我们都愿意抱嘉嘉，都愿意逗嘉嘉开心，都愿意送许多礼物给嘉嘉。

小友却对这个突然到来的妹妹保持警惕，对将要发生的一切

随时准备进行干预。他有时候正听我讲故事，却突然跳下床跑到客厅去看姥姥是否在抱嘉嘉妹妹。

小友认为，姥姥是不能抱嘉嘉妹妹的，姥姥是小友一个人的姥姥。

我们向小友提出抗议：“姥姥是大家的姥姥，不是你一个人的。”

但怎么劝都不行，小友似乎要哭了。他不停地喊：“臭妹妹，臭妹妹！”

我们表示不同意："嘉嘉才不臭，嘉嘉每天洗澡，不像你！"

一瞬间，衣服邋遢、鞋子穿错、脖子上似乎还有一层黑色污垢的小友向我们抖动他攥紧的拳头，并放声大叫："我洗澡！"

我们知道，如果再把嘉嘉妹妹和小友放在一起比，小友还会有更大的怒火。我们心中其实也知道，姥姥爱小友，正如我们爱小友一样。但我们无法向小友说清楚，一个人可以同时爱两个人甚至更多人，他付出的爱可以一样多，可以一样无私；而被爱着的那个人是幸福的，付出爱的这个人也是幸福的——因为他明白，他是可以爱的，可以爱那么多，那么久，那么热烈，那么不求任何回报，像永不熄灭的火。

家里的国境线

曾经自由的大地，因边界而被切割成隔离的区块。

——柴春芽

一个家是三个国家：我、小友他妈、小友。我们每个人都在宣示自己国家的主权。

客厅的床、卧室的梳妆台、衣柜三分之二的空间，是小友他妈的。卧室的书柜、书桌、椅子、床、衣柜里另外三分之一的空间，属于我。客厅的书桌、和书桌配套的椅子、书柜、玩具柜、墙的四分之一的涂鸦、从红领巾公园里捡回的有田螺和水草的鱼缸、养了三年的牡丹鹦鹉，那是小友的。客厅的沙发、餐桌、茶几、电视柜、五斗柜、洗手间、厨房则属于我们三个人，为三个国家所共有。

嘉嘉妹妹来我们家，玩小友的玩具，坐小友的椅子，看小友的图画书，逗弄小友的牡丹鹦鹉，小友的心都要碎了。他觉得自己的领土被侵犯了，于是发布有关规定：

“这个玩具小狗是我最喜欢的，你可以抱一抱它，但不能亲它！”

“不要在牡丹鹦鹉面前大喊大叫，它会害怕的，它会生不出宝宝的！上次我看它，它就把自己下的蛋都吃了！”

我们做小友的思想工作：“友友，你拿点玩具给妹妹玩，她不会要你的。”

“不行，”小友说，“她会摔坏的！”

“那你给她讲个故事吧。”

“我不讲！”

“那你的三只小猪呢？”

“三只小猪，我不告诉她在哪儿！”

没有办法，我们只能趁小友上学的时候让嘉嘉妹妹在哥哥的王国里遨游。而且，我们还得想方设法在主人回来前，把一切都恢复原样，让主人无法觉察。

相比小友，我的情况更糟。我在我的国土上生活，但似乎没有一样东西真正属于我。

我的书桌和床上，经常放着小友的玩具、小友他妈的内裤，我不停地向他们提出外交抗议，他们仍然我行我素。而我自己的那些书却无法长久地、安全地躺在我卧室的床上，它们随时可能被小友他妈丢进书柜、衣柜，或者垃圾桶。

小友他妈觉得我买的书太多了，我的三个书柜里都塞得满满当当，可是还有书不断地从外面送到我们家来。这些书在来到我们家后就开始四处流浪。我曾把它们放在小友他妈的化妆台上，结果被丢到了地上。我也曾偷偷地把它们放进小友的书柜，小友

发现后，又把它们驱赶出来。于是它们开始逃向厕所的小凳子、马桶盖，客厅的沙发、电视柜、五斗柜、餐桌，或者随便什么角落。它们像一群找不到祖国的人，最后来到我乱糟糟的床上。

我自以为是地认为，这是我的书，而我的书在我的床上，这是属于我自己的国土，应该没有人再驱赶了吧。

没想到，我太天真了。

一个月总有那么几天，小友他妈在客厅里向我发出最后通牒：“把你的书马上拿走！”

“为什么？”我提出抗议。

“因为我同事要来吃饭，我不想让她们看到你邋里邋遢的床！”

“你把卧室门关上不就完了吗？”

“不行，限你五分钟内马上把书移走！我的同事就快到了！”

我深切地感到“弱国无外交”，于是只好屈辱地为我的书寻找下一个落脚之地。

我知道，如果我不及时地对小友他妈的话做出积极的反应，小友他妈就会帮我清理了。她会把我的书丢到某个我从此再也找不到的角落，或者卖给楼下那位收废品的老头。如果我跳上跳下，像个猴子一样发泄我的怒火，那么小友他妈会把“我的好心被你当成了驴肝肺”这句话留给我。

小友他妈，是最强大的国家，可以对我的王国指手画脚。而小友的命运也雷同于我。

他经常带他的小伙伴来家里，朱玥昕、牛牛、盛典，是最常到来的几个。他们在床上、地上、沙发上，展开各种各样、脑洞大开的游戏。

他们会在床上不停地跳跃，越跳越兴奋，而他们对我这个大人竟然不管他们感到更加兴奋，于是跳得更高了。

他们还会搭房子。他们把小友他妈买的英国的大雨伞打开，这便成了一个屋顶，他们搬来床上的毯子，让它倚靠在雨伞上，使这个房子变得豪华、美妙。他们把我的书垒成一道连接房子的围墙和堡垒。他们又开始商量如何摆放他们的玩具，等到这一切都完成后，他们争先恐后地挤进这个刚刚落成的新房。小友的臭脚不小心搭在朱玥昕姐姐干净洁白的小脸上，朱玥昕愤怒地惨叫一声，加上一个连续的踢腿动作，把小友的腿挡了回去。不幸的是，屋子也倒了。

于是，他们开始了第二次的搭建。

上帝保佑，不要让小友他妈在此刻回来，因为这一切是不被允许的。

有时候，小友被他妈妈抓个正着，他和小伙伴们灰头土脸的样子让我幸灾乐祸，而我自己的厄运也一起到来了。

小友他妈说："笑什么，你也是一丘之貉！外面的阳光正好，你把被子拿到楼下去晒一下，几年不洗不晒，都腐烂了。"

我据理力争，但交涉失败，只好扛着被子下楼。

回到家，我还得清扫床下的灰尘。台湾歌手伍佰的音乐在手机里恰到好处地响起："有一个美丽的新世界，它在远方等我；那里有天真的孩子，还有姑娘的酒窝。有一个美丽的新世界，叫我慢慢地走。海浪它总是一波波，不停歇不回头。是谁将我的梦敲破，太阳下的河水，它不停流……"

音乐减轻了我劳作时的无聊。我入迷地跟着音乐哼唱，却无意间在床底发现了一条可怕的虫子。它惊慌失措地拼命逃跑，我像恶龙一样在背后拼命追逐。我想弄死它，又害怕这虫子"亲吻"我的手。它跑过几个干瘪的旺仔小馒头（那是什么时候掉在那里的？我丢的，还是小友？）、一小撮报纸的碎片、许多灰尘、几块五颜六色的橡皮泥、一支圆珠笔、几张糖纸，还有两张喜羊羊和灰太狼的扑克牌（我从没有见过它们）……我在后面紧追不舍。我终于抓住了它，却又发现了几条新的虫子。它们什么时候来到我这个王国的，我一概不知。它们有着黑紫色的皮肤，蠕动起来好像蚯蚓或者蜈蚣，还带着一条小尾巴……

我为我的领土出现了这些虫子而感到尴尬，感到羞愧，小友他妈似乎更有理由对我的王国指手画脚了。

在作家马尔克斯的《百年孤独》里，布恩蒂亚一家七代人住的老房子在经历欣欣向荣的繁华后显示出衰败的模样："这座房子老朽得一小时比一小时不堪入目。墙壁蒙上一层茸茸的青苔，整个院子长满了野草，长廊的水泥地在杂草的挤压下像玻璃似的破裂开来。大约一百年前，乌苏娜曾在梅尔加德斯放假牙的杯子里发现的那种小黄花，也一朵一朵地透过裂缝冒了出来。圣索菲娅·德拉佩德既无时间又无精力来抵抗大自然的冲击，只好一天一天地在卧室里过日子，把每天夜里返回来的蜥蜴赶跑。有一天早晨，她看见一群红蚂蚁离开它们破坏了的地基，穿过花园，爬上长廊，把枯萎的秋海棠弄成了土灰色，径直钻到了房子深处。圣索菲娅·德拉佩德试图消灭它们，起先只是靠扫帚的帮助，接着使用了杀虫剂，最后撒上了生石灰，然而一切都无济于事。"

最凄惨、最令人惊愕的是故事的结局，布恩蒂亚这个伟大家族里最后一个儿子——这是一个婴儿，这个家族里最后一个人——变成了一块皱巴巴的被咬烂的皮肤，"从四面八方聚集拢来的一群蚂蚁正把这块皮肤沿着花园的石铺小径，往自己的洞穴尽力拖去"。

我想：我的王国不会变成如此吧？我的王国不会以这样一种方式失去吧？

晚餐的到来，使我放弃了沉思。小友、小友他妈，还有我，我们三国"领导人"重聚在家里唯一的餐桌前。大汗淋漓的强国端上可口的饭菜，作为弱小邻邦的我和小友，则不卑不亢地坐在另外两张椅子上，等待着命运的发落。

爸爸，据我所知

1. 妈妈，爸爸在干什么呢？要爸爸接一下电话。他在忙吗？他一定在写他的破稿子吧。他永远在写他的破稿子。他为什么永远也写不完呢？那就让他继续写他的破稿子吧。妈妈，挂了吧，我要说的都说完了，我没有要说的了。亲亲你，妈妈。不，不要说再见。不要……

2. 我爸爸打过我，大概是4岁的时候，他告诉我的。我自己早忘记了。爸爸，你为什么要打我呀？妈妈从来没打过我。爸爸，你说打我，是让我长点记性。可你打了我，我忘得更快了，我都忘记你打我了。爸爸，你不喜欢我了吗？揍一个人不等于不喜欢那个人，是吧？妈妈还揍过你呢，可她喜欢你，是吧？

3. 爸爸，你不会哄我一下吗？你从来没有哄过我。妈妈看到我生气了，都会抱抱我、亲亲我。如果你不凶巴巴地看着我，我会听你的。可是你老是凶巴巴的。你像一个老虎一样，像一个野蛮人一样，你说过自己以后再也不生气了，可你还是生气了。你总是对，真理总是站在你这边的。你有没有想过，为什么真理就不站在我这边呢？就因为你是个大人，我是个孩子。

4. 爸爸，你知道吗？你帮助了最凶猛的动物，那个动物也会帮助你。你帮助了一个蝈蝈，那个蝈蝈也许会在夜里偷偷摸摸地给你唱歌；你帮助了一只老虎，那只老虎也许会跑到你家感谢你，送你一个你最喜欢吃的巧克力冰激凌。你相信吗？我是相信的，我现在就在想，怎么去帮助一只老虎，好吃到我最喜欢的巧克力冰激凌。

5. 爸爸，我的身体里有一颗坏的心，我想坏事的时候，上课的时候，坏的心会经常跑出来打扰我。晚上，我的心思都在听你讲故事上，坏心就不来打扰我了。爸爸，我的身体来自地狱，我的心灵却来自天堂。

6. 爸爸，我帮别人开门，为什么没有人说谢谢我？可是我没有要求他们说谢谢我，我还是给他们开门了。是的，我不再要求他们说谢谢我了，我会继续为他们开门的。

7. 爸爸，我们不再和好了。我们真的不能和好了吗？那次，我们吵架，15 分钟后才和好。你还记得吗？

友友，据我所知

1. 你累了，你要我抱。你有时候不好意思，就说："爸爸，我们坐一下吧。"你有时候趁我不注意亲了我，我惊讶地看着你，你笑了。有时候，我说："我抱不动你了，我抱你到那棵树那里吧，或者到前面那个报亭吧。"你有时候问："能不能远一点？"于是我说："那就到前面那辆白色汽车那儿吧。"

到了地方，我并没有放下你，你挣扎着要下来，你说："爸爸，我们到了。"

2. 有时候，你睡着了，我会走到你床前，俯身去看你的脸，偶尔会亲你的脸颊。我是爱你的，却爱得那么不好意思。我害怕被你看到，但又想着，如果你长大了，如果我老了，也许连在睡梦中的亲吻都不可能了。

给小友的一封信

友友，我决定给你写封信，不是手机里写的那种短信，不是我一写完，按一下“发送”，你在姥姥的手机上就很快能看到的那种“信”；而是需要放进一个信封里，贴上一张邮票，投进邮筒，然后坐上火车、飞机或者汽车，进入邮递员叔叔的邮包，再让他走一段很远的路，最后到达你手里的那种信。

这算不算你这一生中收到的第一封信呢？

想到这第一封信是我寄给你的，我就高兴。

我在想象，你在收到信的时候，会说什么。“谁会给我写信啊？是我最好的朋友朱玥昕姐姐吗？她知道我住在姥姥家吗？不是她吗？那还能有谁？外星人，还是去年给我送礼物的圣诞老爷爷？难道是我书柜里的恐龙宝宝？”

“哦，是爸爸。太搞笑了吧，他为什么不给我打电话，为什么不给我发短信呢？写信多慢，打电话多快啊。他手机丢了吗？让我看看他在信里都写了些什么。”

友友，这是我想象的你收到我的信后的样子。

哦，但愿你能收到这封信。一般平信三到五天就可以寄到吧，如果下次我再给你打电话的时候，你依然没有什么特别的表情，我一定会担心我的信。信去哪儿了？丢了吗？呜呜。还是被某只鸟叼走，带回自己家里撕成碎片，做成窝的一部分了？

好吧，但愿你能很快收到这封信。

我们在北京一切都好，你妈的肚子越来越大了，每隔一段时间她就去医院检查一次。我劝过她几次，要她休假得了。她说再等等。她吃的都挺好，吃了大量的西瓜、啤酒、老冰棍。唯一不太好的就是睡眠。有时候她凌晨起来。有一天早上五点，我醒来，走出卧室去上厕所，发现你妈默默不语地坐在沙发前发呆。我问她："你咋啦？"

你妈指指她的肚子，说："他踢我了。"你妈因此下判断说，这是一个比你更淘气的孩子。

哦，这可不是个好消息。我依然记得，你说过，你要个比较乖的弟弟或者妹妹，要是生下来的比你淘气，就送给舅舅。

好吧，在他还没出生之前，我劝劝他，告诉他你的态度。但愿他能听我的话。

友友，北京这些天可热呢！我走在路上，脑袋比身体热。如果我再这么走下去，最先坏掉的一定是我的脑袋，然后是我的身体，最后我将在高喊一声"好热"后融化成一摊水。那么，你从包头回来，就会有人带你到这摊水面前，说："这就是你爸爸，他热死了。"

不过，我不会这么坐以待毙。我买了西瓜回来，一个人吃了大半。我喝冷饮，牙科医生嘱咐我，别吃太冷和太硬的东西。但我忍不住，多热的天啊！我躲在树下，躲在树叶的阴凉里，看着佛经，一阵风吹来，我感到了短暂的凉意。

友友，黑麻板热吗？我很想知道你是怎么抵抗炎热的。

友友，我们的新房子也快要弄好了。我们每天都要去看看，看看工人进展到哪一步了。你妈已经弯不下腰，我代替她在量房间各个角落的尺寸。在你妈的脑海里，一个新房子里的一切都已经落成了，哪里该放什么，哪里该有什么，她都知道，她都清楚。你想要的浴缸和黑板，她都考虑进去了。现在，新房子在刮腻子、刷漆、铺地板，接下来就要放各种买来的家具了。

友友，你在黑麻板还好吗？要注意每天刷牙，要养成好的生活习惯。我就是对刷牙不够重视，到今天追悔莫及。还有，每天看电视的时间不要太长，不要离电视太近了。记得做暑假作业啊。更重要的是，你到底看到屎壳郎没有？它在滚它的粪球吗？要是看到，能帮我拍张照片吗？我小时候见过它，长大后就再没见过了。如果你看见了，请帮我转告它，我很想念它！

另外，友友，你吃饭还好吗？你是坐在饭桌前吃吗？你没有跳到床上去吃饭吧？你油乎乎的双手和你油乎乎的嘴巴，没有在姥姥的被子和床单上擦来擦去吧？不过你也许会问：“为什么一定要坐在饭桌前吃饭呢？为什么不能坐在菜地里一边看着蔬菜一边吃饭呢？为什么不能一边走路一边吃饭呢？为什么不能坐在姥姥家猪圈的屋顶上，一边看着日落一边吃饭呢？”

嗯，你是一个爱思考的孩子。这一点很好。

我来告诉你为什么。一是因为安全。要是你掉到井里去了怎么办？要是你被车撞了怎么办？要是你掉到猪圈里把猪吓一跳怎么办？二是对胃好。走路吃饭影响肠胃对米饭的吸收，老这么吃会得胃病的。要是得了胃病，疼起来可厉害呢。三是对姥姥好。被子弄脏了谁洗啊？还不是姥姥洗嘛。要是你洗，我允许你在床上吃。

友友，你知道吗？我一直想有个好的写作环境，可是你知道要实现有多么难吗？当我写得兴致正高的时候，你妈会突然在外面喊："彭治国，擦地！""彭治国，出去买菜！""彭治国，把地板拖了！""彭治国，把垃圾丢了！"天啊，我的可怜兮兮的灵感啊，就这么被吓跑了，像土拨鼠一样逃回幽深的地底，任我怎么喊，怎么使劲，也不会回来了。我只好垂头丧气地去做你妈指定给我的工作，但我有什么办法呢，你妈怀孕了。

写作是一件多么困难的事情，要牢牢抓住手中这支笔是多么困难啊。但我就是喜欢写，所以碰到一点点困难又算什么呢？而其实写作，又是一件多么容易的事情！只要有一支笔、一个本子，在任何时候，在任何地方，都可以开始你的写作。

我追逐我的灵感，我的灵感也偶尔光顾我。我在千辛万苦中写出一两句偶尔高过我才华的句子。我在地下室里写过东西；在天花板跑过一百只老鼠的、摇摇欲坠的、待拆迁的居民楼里写过东西；在嘈杂的酒吧里喝了很多酒以后，在大脑一片昏沉的状态下写过东西；在一条美丽的瀑布面前冒着被水溅湿的危险写过东西；在无数趟开往各处的、日夜奔驰的火车的车座上写过东西……当然，大多数时候，我是回到我们北京十里堡东里的家里，回到我那个拥挤的写字台前，打开我面前的日记本，开始写下我要说的话。

友友，你知道我最想去哪儿写作吗？我想面对一条美丽的河写作，我想面对一个美丽的大湖写作，有鸟从我面前飞过，有鱼从我面前游过。我希望，我的文字也是美的、流动的、生机盎然的、孕育着生命的。友友，到那一天，我允许你坐在我的旁边，你可以端着你的饭碗来，饭碗里是你最喜欢的饭菜。我写我的文章，你吃你的饭。我不会打扰你，就像你不会打扰我一样。

友友，我听说，有一天姥姥和姥爷有事出去了，很长时间你找不到他们，你怕起来，大喊大叫，丢下嘉嘉妹妹，跑到黑麻板的大马路上哭去了。

友友，我要和你说几句话。

我不是要责怪你。害怕，是我们每个人都会面对的事情。我们会为看到黑暗、看到坏人、看到流血、看到强大的事物而感到害怕。我也有过害怕的时候，你妈也有过害怕的时候，只是随着我们年龄的一点点增长，我们越来越不害怕许多事物。

你还记得《绿野仙踪》里那只胆小的狮子吗？它虽然是只狮子，可是连自己都怕，连羊都怕。去找魔法师需要勇气，可它害怕。但为了朋友，为了给自己寻找一颗勇敢的心，胆小的狮子踏上了和多萝西一起寻找坏女巫的旅程。

友友，你还记得它后来是怎么换回一颗勇敢的心的吗？那颗勇敢的心不是坏女巫给它的，也不是魔法师送它的，是在它自己的心里逐渐长成的。那么远的路，锻炼了这只胆小狮子的肌肉，也锻炼了它的心灵，它慢慢变得勇敢了。

去锻炼你的肌肉，把你自己变得更强大。跑步、游泳、爬山、打篮球、劳动……都是让自己变得更强大的方式，选择你最喜欢的一种。坏人害怕强大的人，而总是欺负那些胆小的孩子。你还记得狼和三只小羊的故事吗？

去锻炼你的心灵。找到对付恐惧的办法，而不是害怕它，让它占据你的心灵。如果你害怕黑暗，你就一点点尝试着走到黑暗的地方去，或者在姥姥的壁橱里待上几分钟，你在黑暗里待的时间越长，就越不会害怕黑暗了。

友友，我有足够的耐心等待着你一点点战胜恐惧，等待勇气一点点来到你的身上，使你真正地长成一个男子汉。

另外，我还想说，姥姥和姥爷都很辛苦。你注意看姥姥的白头发了吗？那是因为带你而留下的痕迹。所以，记得帮姥姥做一些力所能及的事情，帮姥爷去看看羊，帮姥姥提点水，自己的衣服裤子也逐渐地去学着自己洗吧……

好了，就说到这里吧。祝你过一个难忘的暑假！

爸爸，2016年8月14日，于北京

和外星人乐乐说话

乐乐认为自己是外星人，但没有人相信他。爸爸妈妈不相信他，小友也不相信他，他在想着怎么才能回到他的星球去。

乐乐的妈妈给他报了很多补习班。周三跳舞，周四击剑，周五围棋，周六钢琴，周日下午三点到六点，是架子鼓。还有每周一次的作文和国学课。

因此，乐乐会很多东西。他会背老子的《道德经》：“道可道，非常道；名可名，非常名……” 他的嘴巴像一个水龙头，用手拧一下，就哗哗地流出《道德经》来。等到你感觉自己的耳朵被他的话语灌满，再拧一下水龙头开关，他就闭嘴了，蹦跳着离开，去别的地方继续背诵《道德经》。

乐乐一点也不骄傲，他有一颗平常心。就是这张嘴，还会“流”出《三字经》《唐诗三百首》《孟子》《论语》……

乐乐还喜欢唱《滑板鞋》。在光滑的马路上，他唱：“我的滑板鞋，时尚时尚最时尚 / 回家的路上我情不自禁 / 摩擦摩擦 / 在这光滑的地上摩擦……”

乐乐没有穿滑板鞋，但他仿佛穿着滑板鞋滑过我们坚硬的心房，一次又一次。乐乐和这首有魔力的歌，俘虏了地球人友友，也俘虏了地球人友友的爸爸——我。

乐乐走在路上。突然，他静止在那里，发出一种变调的声音：“友友，我的按钮已经失灵，机器面临爆炸，请帮助我修改线路。”

小友在他身上按了一下，乐乐又动起来，他重新变得活蹦乱跳。他没有忘记说：“谢谢友友。”

乐乐向酒店走去，在大门口又突然站住，他表现出高度的紧张，一转身拦住正要往里走的友友。一个敬礼后，他严肃地大声说道：“报告长官，我发现大门口有一张大网，上面趴着一只蜘蛛。据我所知，这是一只毒蜘蛛，不小心被咬一口，会没命的。”

友友睁大眼睛到处寻找，找不到蜘蛛让他感到困惑。他着急地问：“在哪儿？在哪儿呢？你说的蜘蛛在哪儿呢？”

乐乐挥舞着手里的棍子，冲进了酒店。他一边冲，一边喊：“没有了，友友，被我消灭了。”

晚饭时间，一群人在座。乐乐在饭桌前说话，自言自语，没有一个人理他。

友友没有忍住，好奇地问他：“你在干什么？”

乐乐回答：“我正在和我的外星人朋友通话。我告诉他们，这几天我都在干什么。我碰到过一条可怜的狗，我还消灭过一只毒蜘蛛。他们邀请我去玩，你想去吗？你如果想去，我给他们打个电话！”

友友：“那我怎么去呢？”

乐乐：“你说，外星人星球，我来了！”

友友重复了一遍。

乐乐拍了一下友友的肩膀：“好的，你已经到了！”

在乐乐轻拍小友肩膀的那个时刻，我仿佛真的去了外星人星球。但只有一秒，那个星球就在我眼前消失了。

我对你的爱，小心翼翼

在夜晚讲故事

漱口，洗脚，换上睡衣，钻进被子，小友一天中最期待的时刻到了。

窗帘早已拉上，灯也关了，黑暗大踏步从屋外进来。室内，提供唯一光源的，是一个手电筒。

在小友好几次召唤后，我才放下工作，离开书桌，来到他的床前。

故事书是小友从书柜里一大堆书中选出来的，有时候他听从我的建议，有时候则完全是自作主张。有时，七八本书放在我的面前，这都是要我一个晚上读完的。我感到，这些故事会把我活埋。而即使读到世界末日，我也无法把这些故事读完。

小友的热情是无法拒绝的。他亲我的脸，把洗脚水都给我准备好了。在许多个令人沉醉的夜晚，他邀请几位好友来到他的床前。而他邀请得最多，也最得他宠爱的，是一只棕色的绒毛小狗。

我开始读起故事来。手电筒的光随着书本上的一行行文字逐渐移动，房间里光影就显得捉摸不定。那些家具的影子摇来晃去，好像都有了情绪、动作和表情。我每翻一页，它们都侧耳倾听、窃窃私语，讨论着故事的情节。

小友听着听着，就坐到我身边来。我几次催促，要他躺下，但他每次又忍不住爬起来。我希望他早点睡，他却不想错过故事的每一个细节。

我的眼皮越来越沉，不断地打着哈欠。书本几次从我手中滑落，手电筒不知指向哪里。在故事里，我张冠李戴、胡言乱语。我把本应该冲向风车的堂吉诃德的名字错误地念成了他的仆人桑丘，把纳尼亚王国里狮子阿斯兰的英勇事迹都算到了坏女巫的头上，我将一个开头念上五遍却还在原地打转……

“爸爸，你念错了！”

“没有，我保证！”

“把书给我！”

小友从我的手中拿过书，然后以胜利者的姿态用手指出我的错误。

我像一个被抓了现行的小偷，做垂死的抵赖。

“没有，我没有错，不是我干的！”

我翻看着故事剩下的页数，还有那么多页！

我就像一个马拉松运动员迟迟看不见终点。这该死的跑道，我多想放弃，可是有一个严苛的教练不断在身后提醒我！他的鼓励好像鞭打，使我感到难堪。

我真的跑不动了，腿沉甸甸的，眼睛也看不清了。终点有多远？道路在何方？我能坚持多久？我越来越没有把握。

小友对我表现出严重的不满。他不停地摇晃我，像摇晃一棵熟透的柿子树。他徒劳地拍打我的左脸和右脸，试图让我清醒过来。

“爸爸，快醒醒！快醒醒！”

而我，却在沉睡的深渊里越陷越深。

在怀特的《精灵鼠小弟》里，我读到：“斯图亚特站起身来，爬回汽车，往北方驶去。太阳刚刚爬到他身后的小山上。他凝视着在前面无限延伸着的大地，知道要走的路还会很长。但是天空是明亮的，他感觉自己也正走在正确的方向。”

是的，我也感觉自己正走在正确的方向上。

而有时候我也充满疑问：为什么每当我昏昏欲睡的时候，我总在书中念到那些优美的又让我昏昏欲睡的句子？

在小说《少年 Pi 的奇幻漂流》里，我读到：“我向前爬着，费力地移动着，虚弱地跳跃着来到了树前……当你在海上迷失了这么久以后，能看见一棵树，真是太好了。我歌唱那棵树的光荣，它从容不迫的绝对纯洁，它十分耐看的美丽外表。噢，要是我能像它一样，植根于大地，但每一只手都高高地举起，赞美上帝，那该多好！我哭了。”

是啊，这书真是道出了我的心声。我也仿佛变成了少年 Pi，从惊涛骇浪里逃脱出来；我也到了岸边，也看到了一棵树。这大地多么宽广，仿佛“眠床”，我就要躺倒在它怀里了。

突然，我的脸好像被谁抽了一下。我醒过来。是谁？我睁开眼睛，不敢相信发生的一切。我看到了小友，他惊恐地看着我，又看了看自己抬起的手。

我勃然大怒，质问他："你为什么打我？！"

小友伤心地说："爸爸，我真的不是故意的，我只是想叫醒你。爸爸，我爱你……"

…………

以后的夜里，小友再没打过我。我尽量每次在讲完故事前不让自己睡着，但有时候我也无法抵挡睡眠女神的魔力。等到小友像验尸官一样对我进行完必要的检查，知道没有别的办法了，便借助手电筒的微光，把从我手边滑落的书捡起，在黑暗里自己朗诵起来。他在给自己讲一个他的爸爸没有讲完的故事。

伪币制造者

小友收集的上百枚钱币都放在他书桌上那个茶色的小盒子里。它们被拿出来时，发出叮叮当当的金属的响声，好像小友的欢乐。

这些钱币，部分是他妈妈在网上给他买的，部分是我从国外带回来的。

有日本的钱币，有加拿大的钱币，有澳大利亚的钱币，有瑞士的钱币，有印度尼西亚的钱币，有巴布亚新几内亚的钱币，有韩国的钱币，有挪威的钱币，有阿拉伯联合酋长国的钱币，有中国古代的钱币……有许许多多的钱币。

每一种钱币都是不同的，就好像一棵树上的每一片树叶。我甚至觉得，这些钱币比一个国家、一个王朝更持久。王朝更迭，钱币还在，钱币上刻的东西还在。

钱币上刻着什么呢？一架能弹出美妙音乐但在钱币上只能保持安静的竖琴，一顶仿佛在空气中飘浮的王冠，一只作为王室象征的、勇敢的狮子。一只老鹰张开双翅站在一条绶带上，它的尾巴和翅膀分别由 8 根和 17 根羽毛组成，这数字表示一个国家独立的日子；而英国女王伊丽莎白二世的头像长久地留驻在1997年以前的香港硬币上，在此之后，她的头像被换成了一朵紫荆花……

在日本的许多钱币上，都刻着樱花。日本人真爱樱花，我也爱。那么美丽的花，那么容易凋零，而它们在钱币上却可以永远开放。在巴布亚新几内亚（后简称“巴新”）的20托伊的钱币上，我看到了天堂鸟。这种美丽而稀少的鸟儿，即使去了巴新，也不会那么容易看见。

我给小友讲了一个我听来的故事，是在巴新的马当岛酒店里，一个鸟导（观鸟导游的简称）告诉我的：一个坐轮椅的日本人来到巴新，在森林里等了很久，一直希望看到天堂鸟，却一直没看到。在快离开巴新的某一天里，别人都回酒店了，他不肯走。他告诉推轮椅的人，下午晚些时候再来接他，然后就一个人在森林里一直等下去。他终于看到了传说中的天堂鸟，无比满足地回了日本。不久前，他死了，死于癌症。

我拿出一枚日本的5元硬币，告诉小友，这钱在日本很受欢迎。因为日语里“5”和“缘”读音相近。神庙里日本人喜欢扔这种5元硬币，祈求和神结缘，得到保佑；钱包里放一枚5元硬币，祈求财源滚滚；它甚至还是媒人，当男孩或女孩羞于表白时，也会送一枚5元硬币给心上人，暗示对对方有好感，希望和他（她）有“缘”相爱。

很早以前，读博尔赫斯的诗歌集，我记住了其中一首《致一枚钱币》。如今，我把它读给小友听：“我从蒙得维的亚起航的那晚风大浪急。/ 转过塞罗山时，/ 我在最高一层甲板上扔出一枚钱币，/

寒光一闪，在浊水中淹没，/时间和黑暗卷走了发光的物体。/我感到自己干了一件不可挽回的事，/在地球的历史上增添了两串/不断的、平行的、几乎无限的东西：/一是忧虑、爱和变迁组成的我的命运，/另一是那个金属圆片，/被水带到无底深渊/或者遥远的海洋，在那里/撒克逊人和维金人的遗骸仍受到侵蚀。/我梦中或不眠的每一时刻/总是同不知名的钱币的另一时刻印证。/有时候我感到后悔，/有时候我感到妒忌，/妒忌你像我们一样，/处于时间和它的迷宫中间而不自知。”

我不知小友是否懂得了这首诗，但我是随着年龄的一天天增长，才逐渐懂得的。

我很快发现，我的这些讲述引起了小友一系列的连锁反应，他沉溺在对钱币的热切喜爱里。这个国庆节，他对任何地方都没了兴趣，除了去钱币博物馆。

我们去了德胜门。在北京的钱币博物馆，他苦苦哀求我给他买一枚古钱币。他第一次看到许多枚像大刀一样的刀币，7000元一枚。我的钱不够，于是就选择了一枚20元的北宋时期的“元丰通宝”。他依然很高兴，问我哪里还有卖钱币的地方。于是我们去了琉璃厂。

一路上，小友不断地拿出那枚古钱币来看，还把它含到嘴里。那不能吃。于是他又把它从嘴里吐出来。

下午一点，我和小友的肚子都饿起来。天下起雨来，我们在一个饭店门口朝里看，那密密麻麻的人群让我们胆怯。那么多人没有座位，都站着，都不离开。饭店里的气味复杂。大门口，在我和小友的旁边，一个妈妈正在给她的女儿解裤子，她需要小便。她妈妈那么爱她，不希望她受一点折磨。

我们终于有了两个座位，于是坐下来点菜，想尽快填饱肚子，尽早离开。所有这一切都没有影响小友的情绪。他依然手舞足蹈，哈哈大笑，饭菜也吃得有滋有味。古钱币在遥远的某一个地方，散发出某种芳香和气味，让他这一天里无论碰到什么都感觉美味。

我们吃完饭，走出饭店。在大雨中，我向小友讲述琉璃厂的伟大："它不是一条普通的街，它是北京城最有文化的一条街，是以前所有读书人最向往的地方。只要来北京，他们都希望在这条街上走走，哪怕什么都不买，就是闻闻这里的空气，也感到满足。因为这里的空气比别处更有文化。小友，你还记得我们家附近鲁迅文学院大门口那个挂着的、叫鲁迅的人的头像吗？他也来过这条街，在这里买过许多书……"

不知不觉，我扮演起鲁迅先生来。我想象着我就是他，他当年走在琉璃厂就像我们今天走在车水马龙的街头；他也像我们一样打着伞，一样狼狈不堪，一样口袋里有很少的钱，可他还想要店老板便宜卖给他几本书……

就这样，我们到了琉璃厂。在通过手机搜索和不断地打听之后，我们走到一个书画商店的门前。手机上的信息和附近的店员都指认，这里有一家古董钱币商店，还是国内第一家古钱币商店。但钱币商店呢？钱币不见了，变成了书画。

我们面面相觑，失望不已，只好在这条伟大的街上继续遥不可及的寻找。我们像两只无头苍蝇窜进一个店铺，又两手空空地从这个店铺里窜出。

功夫不负有心人。在中国书店旁边的一个店铺里，一个女人拿出了唯一的一套中国古钱币纪念册。我打开来，从秦汉到清朝，再到民国的钱币，应有尽有，真是一个钱币的世界。我们到处寻找钱币，它们踪迹全无，转眼之间，我们就置身在它们之中了。在这么多钱币里，我们认出了一些久违的名字。还有一些名字，我们素不相识，但我和小友都有兴趣去了解。

女店主害怕小友把钱币弄坏，每当小友忍不住去触碰那些古老的钱币时，她都在旁边大喊："别碰！小孩！"

一问价格，一千五百元。不是很多，也不是很少。我在心中默默地衡量了它的重量。在天平的一端，我放上了这套古钱币，而在天平另一端，我放上了家庭的开销、银行的月供、小友课外班的费用……无疑，天平向家庭的开销这边倾斜。我知道了，我们不会拥有这套古钱币。但我愿意让小友去碰碰它，算是对他这一日奔波的慰藉。然而，这不能触碰。

"爸爸，买下它们吧！"

"以后吧，等我们有了钱。"

"爸爸，你啥时候会有钱？"

"过了这段时间。"

"以后我挣钱吧。当考古学家会不会有很多钱？"

"也许吧。不过钱并不是最重要的，重要的是，你喜欢考古。"

"妈妈说，考古能发现化石，化石能卖很多钱。"

"化石？这个不能随便买卖吧……"

小友沉默了，安静了，他说："那你以后有了钱，我们再来买。"

我们将钱币册还给店主人，道过谢，转身离开。

我以为钱币的故事结束了，其实没有。

那天晚上，小友开始自己动手制作钱币。他拿起彩笔，在书桌上摊开白纸，画了各种各样的钱币，1元的、5元的、10元的。他问姥姥："你给我们做饭，带二友，需要多少钱？"姥姥笑了，想了一下，说："150块吧。"小友说："这么贵啊！"姥姥说："你去问妈妈，外面请一个保姆一个月要上万元呢！姥姥比她们便宜多了。"小友说："那好吧。"他用了很长的时间，画了花朵，画了树，画了树上的一只树袋熊。他留出中间一块空白，写上了"150元"几个字。他递给姥姥，说："姥姥你的钱。"姥姥看完笑了，说："没写银行呢。"小友想了一下，说："就叫友友银行吧。"他把那名字写在了钱币上。

一个晚上，大量的伪币被生产出来，只是它还没有机会流传到市面上，只是在我们家里流传。当然，它代替不了那些货真价实的钱币，我和小友也仍然渴望着它们。

但目前的我们，可以在自己制作的钱币前望梅止渴了。

我的裤子口袋里，有大量的1元钱，都是小友制作的。它们那么小，还没有小友弟弟二友的小拇指盖大，它只够写"1元"两个字。小友说，那是我每天给他讲故事的酬劳。每晚1元钱，不管我喜不喜欢，他给了我许多这样的钱币。

跟踪者

小友走在街上，陷入人群和车辆的包围中。我有点看不见他了，但我不能跟得太紧，这容易让他发现。我在离他一百米左右的地方跟随他。他大步走着，背着那个绿色的书包，书包的侧面是他的水壶。他头上戴着他妈妈的那顶女式宽檐软帽，帽子前绣着一朵花。这是非常好看的，可同学都笑话他，说这是女孩戴的。后来，他把帽子从里面翻过来，将花朵藏进去。他顶着只有自己知道的那朵花，走在秋天里。

那顶女式宽檐软帽从停靠在马路边的汽车后面流过去，穿过人群，穿过秋天的树，向右拐，消失在围墙后面。我跑起来，也拐过那道围墙。我看见了小友和那顶女式宽檐软帽。和昨天一个人走路时有了一点区别，他不再规规矩矩地走，而是不断跳上马路边商铺的台阶。他喜欢高高在上的感觉吗？还是这样能看到更远的地方？他从一个台阶上跳下来，没有人给他鼓掌，也没有人喝彩，他又继续朝前走去。

往前走的时候，他不停地回头。我急忙躲在树下、车后。我以为他看见我了。我蹲在地上不断忏悔，口中念念有词，骂自己愚蠢。

几个路人经过，端详我，他们也许在判断这个人的精神是否正常。

后来，小友在595汽车站牌前停下来，我才恍然大悟。他想等公交车，我们两个人一起去学校的时候，有时候就坐公交车，这样能节省时间。这次，他没有钱，没有大人带他，司机会让他上车吗？他知道什么时候下车吗？他如果坐过站怎么办？家附近的路，他是熟悉的，但是再远一些的地方，他也许会一片茫然。

说不定他会哭，会慌张，会不知所措。说不定他会勇敢而坚强地回来，找到回来的路。

说不定。

在我思考之际，小友不见了，595站牌那儿没有他，也没有公交车进站。我慌忙地到处寻找，在两条马路的交叉口不知该往哪儿走。当我不知所措时，我又一次看到了他，他走了一条我们回家时经常走的路。从20世纪五六十年代修的、六层高的老小区楼里穿过去到小友的学校，人少、安静。

一辆汽车从他旁边经过，按了一下喇叭，他可能受了惊吓，回头看了一下。汽车驶过去了，没有什么事情发生。他继续朝前走。

在快到学校时，他跑了起来，他也许觉得快迟到了。我也跟着跑起来。学校门口的汽车更多了，都是送孩子来上学的。

像在茂密的树林里寻找一只鸟，像在肯尼亚看一只小角马渡过凶险的、遍布鳄鱼的马拉河，我看到那顶女式宽檐软帽从拥挤的人流和车流的河道里流进了学校，最后消失在由上千孩子组成的汪洋大海里。一起消失的，还有那女式软帽里深藏的花朵，他的绿色书包，他的脸，他整个人，还有我的目光。

向小友学习

我们的老房子被卖了，新房子还不能马上住进去，因此我们租房子住。

我和小友在一个全新的地方住下来，重新变回了租客。在一个四室一厅的别人的房子里，我不再趾高气扬，而是变得处处小心翼翼。比如，在光天化日下穿着短裤走过客厅去厨房拿一瓶冰镇的矿泉水，我需要提高警惕。

淋浴间放洗漱用品架子的第二层是我们的，冰箱的第二层是我们的，切菜的砧板中有把手的是我们的，屋子刚进来第一个房间是我们的……很多很多是我们的，很多很多不是我们的，不能拿错，不能走错，不能记错。

但我总是错。我不知道哪个漱口杯子是我的，不知道哪副碗筷是我的，不知道我该用哪一个洗脚盆洗脚。我记住了一样东西，但在下次到来前，我又会很快地将它遗忘。

我发呆的时候，一个穿很少衣服的阿姨从她房间里走出来，去门口取快递。经过我们敞开的房间时，小友喊了她一声“阿姨”，她睡眼蒙眬地大声说道：“叫姐姐！”

就是这位“姐姐”阿姨，在以后碰到我们的日子里，总被小友叫作阿姨；而她总说：“我是姐姐。”

另外一个阿姨，住在另外一个房间里，她心甘情愿地被小友叫阿姨。她总是送东西给我们吃。她问我们吃南瓜粥吗？她给我们送橘子，还把一碗热气腾腾的排骨汤放在我和小友面前。

在我和小友的餐桌前，原本只有鸡蛋汤和花生米。这是我最拿手的两样菜，也是小友最喜欢的两样菜。在超市，小友问我：“你会做鱼吗？”我摇头。小友问我：“你会做虾吗？”我想了想，说得看运气。于是小友决定：“那我们做饺子吧！”我说：“那是姥姥的绝活。”小友看着我：“那你会做什么？”一个个菜摊走过去，我们选择了一盒鸡蛋和一袋花生米。

我继续在家里做鸡蛋汤和炒花生米。我熟练地将油烧得滚烫，把花生米倒进油锅里，我听到它们发出爆裂的声音，闻到它们的香味，我知道，一切尽在掌握中。

我的厨艺因鸡蛋汤和花生米而获得小友的称赞。他到处宣传我的厨艺，一点也不觉得自己的童年悲苦。他觉得我的菜做得很好，天下无敌，而我还希望能做点别的菜呢。

当然，这事不能被远在天津的小友他妈知道。他妈是一只老虎，远在天津也是只老虎。她的咆哮声通过手机的视频播放出来，仍然具有极大的杀伤力。她无视我做出的种种成绩，不停地在手机那边指责我：“你就不知道做点好吃的吗？你要把我儿子饿瘦了，回去有你好看！我的上帝，你们的被子还没有叠，都下午了，你是不是从我走后，就没有叠过被子！”

我嘟哝着，表示同意，也表示抗议。作为一个父亲，我独自抚养一个儿子长达数月，这难道不是一个奇迹吗？

没有了妈妈，小友也很幸福。他每天独自去上学，放学后我接他回家。一路上，他扭动屁股，在我要踹他一脚之前欢乐地跑走。这一切，他妈妈可没有看到。

当我想着这一切的时候，小友跑到房间里来，高兴地告诉我：“阿姨还拿椰子给我吃。”

多好的阿姨，多好的友友，多么残忍的小友他妈。没错，我们是睡在一个狗窝里。但是，有人敢住在一个狗窝里这么久还这么乐观吗？有人敢每餐都只吃鸡蛋汤和花生米，而别的菜一点都不碰吗？你敢吗？反正我有点不敢了，我快被这两样菜逼疯了。

但小友敢。向小友学习。

小友成熟了

小友很爱我，他再也不会轻易地说“我累”，并让我抱了。如果我提出抱他，他会高兴地跳到我肚子上来，在我耳边低语：“爸爸，辛苦了。”

是的，我累了，感到疲乏。我这棵树老了，在儿子的拥抱中我摇摇欲坠。

小友很爱我，睡觉前他希望我能讲故事给他听，在以前我别无选择，但如今一切都是自愿的。如果我忙着写稿子，他就不声不响地把脚洗干净，把被子叠好，把自己的绒毛小狗找出来放在被子里。然后，他找到自己想看的书，翻到要讲的那一页，把手电筒放在书旁边。一切都准备好，他躺在被子里，看着我说：“爸爸，你要么别给我讲故事了，你那么忙，那么累，那么辛苦……”

看着他准备好的一切，我给他讲起故事来。

小友成熟了，目光严肃。他捂住妈妈的嘴，让她别说话——他知道自己做了错事，但不想让妈妈批评他。

小友成熟了，目光严肃地看着我。他看到我在朱玥昕姐姐面前夸夸其谈，说外星人正在朝地球而来，随时都可能侵犯地球。他忍不住了，就大声地阻止我："爸爸，你又瞎说了，别骗我们小孩子了！"

朱玥昕姐姐问我："叔叔，是真的吗？你见过外星人吗？"

我感到一丝羞涩，我也不知道外星人在哪儿，我也是个孩子，把许多虚幻当成了真实，把许多真实当成了虚幻。而小友，已经不再是那个容易上当受骗的孩子了。他开始自己思考问题而不再那么容易被别人欺骗。小友是不是长大了呢？

以下几个故事，是他前不久告诉我的：

1. 我有7个房间，它们是我衣服上的7个口袋，里面住着公交卡、钱币、钥匙、口香糖，还有玩具。最高级的房间在我胸前的口袋里，它离我的心最近，也是最干净的，住着我最喜欢的橡皮和钱币。其他房间有的不是太脏，就是太臭了。我屁股上的那个房间，没人愿意住，因为它们害怕我放屁。

2. 霸王龙在追一只食肉牛龙，它不停地追赶，嘴里念念有词："请让一让，请让一让。"在奔跑的时候，它小心让自己别碰到别的恐龙。它气喘吁吁地问一头阿马加龙："请问您刚才是不是看到一只食肉牛龙了？"你看，它是一只有礼貌的霸王龙。

3. 朱玥昕姐姐喂了两条狗，她在夜里把它们放出来，晚上又赶回书本里去。她妈妈总是闻到一股狗味，但不知道是哪儿来的。

4. "朱玥昕姐姐，你知道这个屋子里谁有神经病吗？""不知道。”“是这只拖鞋。它打了人，它妈妈不要它了，呜呜呜。它开始流浪，从屋子的这头流浪到屋子的那头。最后，我收留了它。你看，现在我正穿着它呢！”

小友问我：“真的有外星人吗？”

“真的有外星人，真的有孙悟空，真的有堂吉诃德骑着一匹瘦马向一架风车奋力地冲去。如果有谁告诉你，这一切不是真的，那一定要提防他，他是一个骗子。”

这个世界，幻想的故事越来越少，死神收割了它们，把它们装入自己的口袋。

鱼，我所欲也

我爱吃鱼，但从来没有做过鱼。孔子说，“君子远庖厨”，我因此离厨房远远的。到菜市场买菜，那些鱼贩子抓起一条鱼向某个坚硬的地方拼命摔去，并且在鱼脑门上用力一敲时，我觉得像是敲我。我感到，我们人类身体里总是隐藏着一种残忍，在最微不足道的地方得到释放。

我知道，鱼是低等生物，神经系统并不发达，它能感觉到的疼痛是微弱的、渺小的。也就是说，无论怎么死，鱼都不会太痛苦。它不像那些更高级的动物，有更敏感和脆弱的心灵。

可鱼在死的时候，还是要挣扎，它似乎有一种求生的本能。

我把这一切对小友说了，问：“能不能不买鱼了？”

小友说：“爸爸，我上辈子是熊变的，我想吃鱼。”

没办法，我们只好买草鱼回家，拿着仅有的一把菜刀轮番砍它。它嘴巴一张一合，身体伤痕累累，可就是不死。我不敢下手太重，想让它有尊严地死去。而小友，无知者无畏，他挥动那把大菜刀对着鱼的身体连砍数刀，而那草鱼却弹起来，甩了小友一个耳光，掉到地上去了。小友吓得跑走，我则手忙脚乱地抓鱼，厨房里乱成一片。

同租屋的女孩看见我们对一条鱼无可奈何，就过来帮忙。她帮我们去掉鱼鳞，清理鱼的肚子，割开它的身体，还放了些椒盐和料酒。

鱼做好后，端到桌上，小友一边吃一边赞美我的厨艺。而我的身体有些昏沉，我的高潮已经过去。

又有一天，我们买了嘎鱼。在厨房解剖嘎鱼时，我对小友说：“嘎鱼能像鸭子一样叫，所以也叫黄鸭叫，但我没听过它的叫声。”

在这个时刻，嘎鱼却仿佛配合我般叫了起来。“真的像鸭子一样叫啊！”小友钦佩地看着我。

嘎鱼又不叫了，它保持了作为一条嘎鱼的安静。它不像草鱼那么拼命挣扎，不给小友耳光，安静到死。就连它的叫声，我也觉得，那是为了回答我它为什么叫黄鸭叫。

而我们一开始并不知道这条嘎鱼如此善良。小友也随时提高警惕，害怕这条鱼有什么新的甩脸动作。嘎鱼被我抓在手中，我们一边用刀划破它的肚皮，一边提防它随时逃跑。嘎鱼虽然比草鱼要小很多，力气也没草鱼大，但它的头部那几根硬刺颇吓人，好像一个士兵的矛。只要它愿意，就能给任何来犯者留下伤痕和血迹。

但嘎鱼很安静，它没做任何反抗，服帖地在我手中，它依然是活着的。

我感慨：“这么坚强的鱼，人恐怕是做不到的。”

隔两天，我们又去菜市场，看到有梭鱼。梭鱼？这是什么东西？闻所未闻，于是我们好奇地将它买回来。

万幸，和草鱼、嘎鱼不同，这次的梭鱼是死的。它被冷冻在超市的冰柜里，不是我们要了它的命。

可是，死了的梭鱼依然折磨我们，我不知道怎么对付它。我上网查它的资料，发现这是一条凶鱼。它竟然有牙齿，它的牙齿把我的手划伤了，它即便是死了也让我感觉到是一个威胁。它被我们开膛破肚，身体里的器官流了出来，我们却不知如何是好。

“这东西能吃吗？”我充满怀疑地盯着那些花花肠子。

小友翻看着里面，问我：“鱼的心脏呢？”

而我则想着：鱼的胆被我弄到哪儿去了？可千万不要把胆弄破了，那是苦的。

梭鱼的眼睛盯着我，它难道看穿了我的心灵？

我上网搜索怎么做梭鱼。我对做梭鱼需要煮多长时间没有一点把握，直到看到一句话——“千滚豆腐万滚鱼”。我的心踏实了。翻滚吧，鱼！翻滚吧，豆腐！翻滚吧，生活！翻滚吧，小友君！

小友早已在厨房和客厅间奔跑，他的热情无处释放。他把狭小的屋子当成了草原，对同租屋的女孩高喊：“我爸爸是我们家唯一会做梭鱼的人！”

我对你的爱，小心翼翼

一百万次分别

小友在玩玩具，他不知道他刚刚失去了奶奶，唯一的奶奶。

乡村的田野多么空旷。袅袅的炊烟下，是芳香的泥土，适合埋葬死人。

明天又要出差了，去芮城，采访五龙庙。看一个古建筑如何走进现代生活。我给乌龟换水，给鹦鹉添上吃食。

今天没让小友去幼儿园。他一个人看故事书，看电视，看电脑，自己画画、剪纸。晚上他给我铺了被子，拿了睡裤，打了洗脸水和洗脚水。他也给妈妈做了这一切，还在她被子上放了一个自己的玩具。他认为妈妈抱着它会睡得更香，就像自己抱着小狗一样。

天空是蓝色的，我深深地呼吸，想要把这蓝吞入肚里去。我马上又充满怀疑：那远处地平线上升腾起来的，是灰尘，还是雾霾？

走到包子铺去吃饭，我吃下一两包子、一碟咸菜、一碗紫米粥。我饥饿的肚子得到满足。可是我怀疑，这包子里到底有什么？

走路回家，我看到成人用品店依然是老样子，大白天还拉着窗帘，从外面往里面看，什么都看不到。一条黑狗，它没有了尾巴，拉屎的时候身体向后仰。小区旁的湘菜馆换成了网吧和洗浴房，叫“鸭脖子”的店铺上写着“想吃我就给我打电话”，后面跟着一串电话号码。一面墙上画着几幅涂鸦，边上扭曲着几行字，“救命”“救命”“救命”。字是黑的，似乎是某种碳色墨水笔。我看了看，难道在这里真的发生过什么？

我常去的那块安静的野地，现在围墙围着，里面进驻了一台挖土机在轰鸣作响，野草野花们的末日到了。

不知道今天小友会不会打电话来，昨天他没打，前天他也没打。这两天我特地没去洗澡，没出去散步，一直等他打电话来。我其实并没有事要告诉他，我只是想知道他每天都做了什么。

看了普鲁斯特的《在少女花影下》，写得很棒，棒得不知说什么好。没有戏剧性的情节，一切都是平常琐事。社交、散步、吃饭、聊天、看戏、听音乐会，连恋爱也是由一些琐事构成。但无数的细节，无数只有普鲁斯特才能写出来的比喻，构成一幅丰富的长卷，一片闪光的大海，一棵巨大而饱满的树。我站在它面前，只有感慨。

晚上，朱玥昕来找小友，我说小友回老家了。她一脸失望，但也不走，坐在地上看一本书，一点声音也没有。我做我的事情，朱玥昕看她的书。

终于，朱玥昕走了。她刚走，小友打电话来，我说朱玥昕找你呢。小友说哦。他在手机里说了几句话，我没听清。我不知道他是怎么拿手机的，手机视频里一会儿是他自己，一会儿黑屏，一会儿成了天花板。终于，我看到小友了，他好像胖了、黑了。他说到猪。

他在看姥爷的一本《如何科学养猪》的书。他喜欢这书。他开始念起来："猪有很多种，有野猪、黑猪、长白猪、杜洛克猪、皮特兰猪、二元猪、三元猪。爸爸，姥爷家的是什么猪？"

"什么猪？"这问题难倒了我。

电话打完，我写我的稿子。稿子写完，我漱口、洗脸，躺在床上，不再有人在我身边快速地跑动，把我当成假山、石头、树，当成一个玩具或者木偶，坐我、骑我、玩我，和我打闹，强迫我说话，问我问题，逼我讲故事……

我要睡了。这是熬了几个通宵以后，我做的最美的决定。慢慢地从这个世界掉入那个世界里去，不要怀疑，不要犹豫，到早晨，我会从那个世界里慢慢慢慢地回来。

晚上，吃过自己做的饭，我下楼去散步。

我喜欢人少、安静、离马路最远的地方。有一些五六层的老小区，在那里站好久都不见有车来。

有一个待拆迁的老居民楼，也是五六层高，没有电梯，各家各户的窗户是斜着的，玻璃也没了，很多人搬走了，黑漆漆的，阴森恐怖。也有少数几处亮着灯，好像几颗心在跳动。

老居民楼前面是一大片空地。因为没有人来，变成了荒草疯长之地。再后来，不知谁在这里放了几把破椅子，老人们就来了，他们聚会、聊天，晒着太阳。

有些孤僻的老人，不声不响，就坐在椅子上发呆，没有人知道他想些什么。

等到老人们走了，我喜欢在老人们坐过的椅子上坐一会儿，体验没有到来、终将到来的老年岁月。

这些待拆迁却迟迟未拆的房子，这些不知从何处搬来的、廉价的椅子，这些老人……这老楼就像椅子、老人，彼此都不知道自己是否能看到明天的日出。

几棵几十年的大树枝繁叶茂地长着，有虫在荒草里叫，风呼呼地吹来。我轻轻走近鸣虫，如同赴一场音乐会。

小友和妈妈还在姥姥家。

晚上独自在外面走，看到一个横幅上写："你防我防大家防，入室偷盗无处藏。"还有一块木板竖在垃圾站门口，写着："垃圾站外不准停车，否则后果自负。"

果然没有车停在那儿。

牡丹鹦鹉死了，我把它丢进垃圾桶，和菜叶、塑料袋、果皮、纸屑等混在一起。它和我们一起生活了四年。我看着它，临时改变主意，把它从垃圾桶里取出，带它出门。

我和小友沿河边走，去找一块属于它的葬身之地。一个尸体全部的愿望，是否就是获得最后的安宁？我们看到一个男人在河边烧纸，就走了过去。我们在旁边挖坑，那土地太硬。小友说："去旁边的公园吧。"我们就去了公园，用树枝挖了一个坑，将牡丹鹦鹉埋在了那里。

小友说，给奶奶烧纸的时候，可以顺便来给牡丹鹦鹉烧纸。

"爸爸，我要走了，我送一封信给你。你的心情会好一点吗？你可以读一读啊。"

小友把信递给我，睡觉去了。

信上写着："亲爱的爸爸，谢谢你天天都给我讲故事。我爱你爸爸。明天一早我和妈妈就要去柬埔寨了。再见爸爸！"

你将要到来

你是坐长途车来的，医生告诉了我们你将要到达的时间。我们做好了准备，你母亲带上一个手提箱，我拿上一个脸盆，我们去站台接你。我们还不认识你，但我们将认出你来。

医生说，你预计要来的时间是 8 月 31 日。那天，车上所有的乘客都走光了，站台上空空如也，可是没有你。我们不知道运送你的那辆汽车是否临时改变了主意，还是中途抛锚在哪里，耽误了你的行程？

你是谁？你是男孩还是女孩？你长得什么样？你是否调皮？你对我们这个家庭是否满意？你如何看待你的哥哥友友？你悄悄地在母亲的肚子里孕育、生长，伸展开你的手、你的脚、你的头颅和躯干。在那么小的世界里，你是否感觉到拥挤？你做什么梦？在梦里，你梦到什么？

你母亲的情况似乎一切良好，医院并不同意她那么早就住到病房里去。可是你母亲流血了，而我们家离医院太远，我们就在医院旁边找了一个宾馆住下来。医院像一块磁石，将我和你母亲这两根磁针紧紧吸引。你母亲的肚子又一次疼起来，二十分钟一次，你也许真的要来了。我们向医院走去，可是，你母亲的肚子又平静下来。

这是为什么？我和你母亲面面相觑，不知道你在搞什么鬼。

我带着我的电脑，我有一些工作需要完成。在宾馆的房间里，我不停地敲打键盘，我感到头痛欲裂。我站起来，走到窗前去。我深呼吸，做了几个快速的深蹲动作，在床上躺下去好几次又坐起来。我希望我的头痛能够缓解。

我给你母亲倒水、洗脚、洗桃子、洗梨子，我们下楼去吃饭、散步。我们去天客隆超市买牙膏和女士洗头液，去稻香村买糕点，去小卖铺买大桶的农夫山泉水，每天一桶，每桶十元。

一天又一天，我们在这个宾馆住下去。在平常的日子里，我仿佛也身怀六甲，像一个孕妇般缓慢地行走，度过平常的一天里的每分每秒。

我们渐渐地熟悉了周围的一切。这里有很多的飞机飞过，每当巨大的轰鸣声在头顶响起时，我抬头都会看到一架巨大的钢铁大鸟。它伸展开翅膀，占据了大片天空。我看到那飞机上清晰地印着的国旗。如果我再努力睁大双眼，我也许能看到机窗旁乘客的脸。

在下完雨的夜里，我们出去散步。我们总在永定路那个美发店门口的藤椅上坐上一阵。那两个像蛋壳一样的藤椅，在雨后的夜里，好像也重新孕育了生命，成为美丽而安静的化身。我害怕那两个藤椅是不允许触碰的，仿佛一旦触碰就会侵犯到某人，但我们终于坐了上去，一切都是自然的，没有意外发生。这两个藤椅，好像一开始就在等待着我们。

我们看来来往往的行人，看夜晚的灯光，看道路旁挺立的、高大的白杨树。空气里，有松树的气味，有潮湿的泥土气味，还有许许多多别的气味，它们平常都压抑着，到这时就释放出来。我的头疼，好像也好了很多。

我也努力把自己展开，把自己放平成一块桌布、一片树叶，铺展在这雨后的夜色里。

孩子，在夜晚，我看到你母亲把手按在自己那圆滚滚的肚子上，她在慢慢地移动，她在感觉你的心跳。我有一种幻觉，此时的你也隔着肚子把手贴在了她的手心上，你也闻到了这个世界的气息。

孩子，你那个世界是怎样的呢？我们都从你那个世界来，但已忘记了你那个世界的滋味。我们只能耐心地等待你的到来，等待你告诉我们那个世界的模样。在夜晚，我背诵诗人海子的一首诗歌，想诱惑你尽快地到来。

明天醒来我会在哪一只鞋子里

海子

我想我已经够小心翼翼的
我的脚趾正好十个
我的手指正好十个

我生下来时哭几声
我死去时别人又哭
我不声不响地
带来自己这个包袱
尽管我不喜爱自己
但我还是悄悄打开

我在黄昏时坐在地球上
我这样说并不表明晚上
我就不在地球上　早上同样
地球在你屁股下
结结实实
老不死的地球你好

或者我干脆就是树枝
我以前睡在黑暗的壳里
我的脑袋就是我的边疆
就是一颗梨
在我成形之前
我是知冷知热的白花

或者我的脑袋是一只猫
安放在肩膀上

造我的女主人荷月远去
成群的阳光照着大猫小猫
我的呼吸
一直在证明
树叶飘飘

我不能放弃幸福
或相反
我以痛苦为生
埋葬半截
来到村口或山上
我盯住人们死看：
呀，生硬的黄土，人丁兴旺

从此有了弟弟

在产房，我看到你从你妈的子宫里出来，血肉模糊。我观察你，像观察一只刚出生的动物。我写道："你这么丑，你的脸是红色的，像喝了酒。你有头发，头发是黑色的，湿湿地贴在脑门上，像刚游完泳。你有指甲，你的腿比我想象的光滑。你这么小，还不会说话。你的眼睛是闭着的，有时候又睁开了，看着我。你不害怕我，也不表示出兴趣。我们像遥远星球上的两个生物，就这么相见了。我想问，你有亲人吗？没有人回答，没有人来认领你，亲人就是我。"

你回到家里，成为哥哥小友的宠物。他把小区里他认识的人都找来，参观他的弟弟。他让大家摸弟弟的脸、手、脚。他先做示范，自己先惊讶地叫起来：“看，他的脚多软、多嫩！”

他妈从房间里冲出来，大吼一声：“你们不能摸他！”

作为首犯的小友怯生生地将手举过头顶，回答：“我们洗手了！”

是的，你哥哥的确是洗手了。他爱你，就像满月那天他替你许愿，把送给你的、你还不能吃的蛋糕幸福地吃下肚去，又亲了你。他的口水和蛋糕屑都糊在你的小脑袋上。

我悄悄地观察你，你没有生气，也不去擦自己的脑袋。你打着哈欠，用尽平生的力气。你不知道，我在看你。你不声不响地躺了几分钟，突然就哭了。你的手摸在自己的脸上，你闭着眼睛笑了。那时，窗外的一道阳光照亮了你的脸庞。

有时候，我不明白你，不知道你是醒着还是睡了，不知道你为什么哭，不知道你为什么又突然笑。你知道白天和黑夜的区别吗？你知道我是你的父亲吗？你的右手为什么老高举着，像招潮蟹老高举着那只粗壮有力的大螯。

你哥哥也不明白你。他说：“这个弟弟为什么这么小，他都没有一本书大。他为什么就只会拉粑粑？拉完了就睡觉，睡完了吃，吃完了拉。哎呀，他好没意思啊！”

你哥哥还说：“为什么我去朱玥昕家，朱玥昕的妈妈也问我弟弟的事情。为什么别人都会问我弟弟的事情？为什么他们就不问我？为什么他们都想来看他？为什么他这么受欢迎？”

你哥哥有点悲伤：“我小时候一定不是这样的，我小时候比他悲惨！”

你哥哥摔倒在地上，我们都看见了，没有人过去安慰他、抚摸他。

而你妈妈正抱着你，亲你，爱抚你，哄你，喂你吃奶。

你哥哥忍住疼痛，没有哭出来。他回自己的房间里去叹气：“弟弟就是好，我想变成弟弟。”

在雾霾的北京，我写了一首诗，送给你：

> 对你的爱是小心翼翼的。
> 一个是否太少，上帝又送来一个。
> 哦，你这新出炉的、柔软的面包。
> 你哭，你笑，你紧皱眉头，
> 注视我。
> 你想些什么？
> 我有什么错。
> 我同样紧皱眉头，
> 在这个雾霾的北京，寻找一个乳头。

我把病痛喜欢过了

——写给生病的二友

手已经无力，但目光仍伸向远处
伸向门

我还是喜欢你淘气的样子
把我的书一把扯坏，丢在地上
你大笑着伸向我，你的胖手将我扑倒，要我抱
你还不会走路
你每天扯我的手，要我充当你移动的腿
巡视这个家，犹如巡视你的国土
一遍又一遍
还有什么没被发现呢？
还有什么惊喜？

在你始终瞪大的眼里
好像我是一头麋鹿，或者有女巫跟随

这世界有多美，我也许永远也不清楚

像洪水冲垮年迈的河堤
在你的病痛到来之时
我粗糙的情感又一次经受考验、折磨
那些遗失的课本、衣物、花朵，是谁的呢？

你细小的身体，在我怀中
颤抖，被拉扯，揉碎
少有人知道最猛烈的那阵风何时到来
就像少有人相信那句话：
“我把悲伤喜欢过了，我把病痛也喜欢过了。”

恐惧吞噬灵魂

二友爱捉弄人。

我抱他，突然胸口一阵发热。他一点不和我商量，就把尿尿到我的睡衣上。我要打他，他微笑地看着我，眼睛清澈而明亮。我下不去手，更亲密地抱着他。

我无法给二友穿上裤子。他两条肉腿不停在空中抖动，裤子挂在一条腿上，好像旗杆上被风吹得哗哗响的一面旗子。我摁住他的左腿，把裤腿套上去，他的右腿又把裤子蹬出来。我折腾半天，白费力气。他毫不气馁，越蹬越起劲。他咯咯笑着，脸上满是灿烂的笑容。

二友把玩具丢到地上，我捡起它，他又丢到地上。我又捡起，他又丢。又捡，又丢，又捡，又丢……我佩服我的毅力。

我们给二友找了个保姆。有时候，我们不在家，只有保姆和二友在家。

我们在心里默默祈祷，希望二友不要捉弄保姆。

可没有一样东西是二友害怕的。

二友不害怕医生的针头。打疫苗时，他好奇地注视着社区医院里来来往往、神情紧张的父母和孩子。一个针头正悄悄伸向他，他微笑地看着，越过针头以善意的目光望向医生。突然，针扎进皮肤，他感觉到来者不善，等到要哭时，针头离开了手臂。他又微笑起来，忘记了不幸。

二友不怕他的哥哥。哥哥在家里跳舞，扭动屁股，发出尖叫，在房间里制造巨大的噪音。我们只觉得烦躁。而二友却好奇地看着，他转动小脑袋，瞪大眼睛，寻找风吹草动的源头，向他的哥哥露出鼓励和友善的微笑。

二友不害怕保姆。

许多个白天，保姆抱着他在屋子里走来走去。保姆无法坐下，坐下他就哭喊。他不睡觉，也不让保姆睡觉；他不休息，也不让保姆休息。

我回到家，保姆快疯了，她像抛一件棘手的货物一样，把二友抛给我，就躲到厨房里做饭去了。

我们尽量和保姆搞好关系，给她多一点工资，让她做饭菜不要有压力，出门去散散步，早点休息……

保姆对我们说，她一个人不想到处走，一个人到处走没意思，还是人多点好。人多一点，去哪儿都好。她也有两个小孩，就像我们家有两个小孩一样。她的两个小孩也像我们家的两个小孩一样淘气，她可以理解。“可你们这个二友可坏呢，不让我坐，就让我抱着他走。连水也不喝。我用水灌他，不喝不行，多少得喝一点。他终于喝了一点，我要打他呢，他还和我笑。我以前也在别

人家干过。那户人家比你们家大，有两百多平米。他们家有一个老人，对我可好呢。我走了，还给我打电话，问我：燕子啊，你什么时候回来啊。老人尿尿，要尿很久，那股味儿我实在受不了，他好像是尿身体里的某样东西。尿在地上的那黄色的东西，我怎么擦也擦不干净。不怕你们说，照顾老人和孩子还是不同，小孩是照顾一个生命，老人就不是了……”

我抱紧孩子，希望他也能体会到。

二友在看灯。他抬起头来仰望，比看太阳的时间更久。他扯纸，撕开，折叠，揉皱，恢复成原来的模样。他把纸放入嘴中，趁我去抢时，赶紧先吞下一小块。他坐着、躺着，继续吃他的脚趾头。那脚趾头，是他永远吃不厌的雪糕和糖果。

星星的游乐场（外一首）

我看你
代表我并不看你
只是你存在
你看我
是真正地看我
一刻不停地看
你瞪大了眼睛

我惭愧我缺乏的魅力、我的白发、我的犹豫不决的心

你的眼睛像镜子，倒映我
哦，多么美的世界
我始终在你的目光里，一个星星的游乐场

吃手

孩子
不停地吃，兴趣盎然地吃
但吃不掉
它还在那里
每个手指都在原来的位置
一个都不缺少

你的手我也要，包括妈妈的、哥哥的、陌生人的

每个人的手
都要品尝，都是好的，
清洁的，无辜的，值得宽恕的

这原罪，这受难日，这说不出来的、温柔的疼